Josef Grünfeld

Zur Geschichte der Endoskopie und der endoskopischen Apparate

Antigonos

Josef Grünfeld

Zur Geschichte der Endoskopie und der endoskopischen Apparate

Unveränderter Nachdruck der Originalausgabe von 1879.

1. Auflage 2024 | ISBN: 978-3-38695-348-1

Antigonos Verlag ist ein Imprint der Outlook Verlagsgesellschaft mbH.

Verlag: Outlook Verlag GmbH, Zeilweg 44, 60439 Frankfurt, Deutschland, info@outlook-verlag.de
Vertretungsberechtigt: E. Roepke, Zeilweg 44, 60439 Frankfurt, Deutschland
Druck: Libri Plureos GmbH, Friedensallee 273, 22763 Hamburg, Deutschland

Zur Geschichte der Endoskopie und der endoskopischen Apparate

von

Dr. Josef Grünfeld

in Wien.

(Mit 14 Holzschnitten.)

Nahezu jedes die Harnröhrenkrankheiten behandelnde Werk enthält Andeutungen über die Besichtigung der vorderen Partie der Urethralschleimhaut. Die bezüglichen Bestrebungen gingen jedoch nicht weit hinaus. Man begnügte sich mit dem Auseinanderhalten der Lefzen des Orificium, oder man bediente sich gar einer Pincette, mit Hilfe deren man kleine Partien der Urethra, namentlich bei einigermassen weiter Harnröhrenmündung sichtbar machen konnte. Ricord[1] selbst, der dem Schanker in der Urethra grosse Aufmerksamkeit widmete, schreibt: Il suffit quelquefois pour distinguer le chancre, même situé à une assez grande profondeur dans l'urèthre, de faire bailler le méat urinaire en écartant les lèvres.

Die Harnwege, in specie die Harnröhre, und zwar auch im weiteren Verlaufe mittelst passender Instrumente und unter Zuhilfenahme von künstlicher Beleuchtung sichtbar zu machen, war erst dem gegenwärtigen Jahrhunderte, beziehungsweise den letzten Jahrzehnten vorbehalten. Obgleich nämlich die Idee der Endoskopie schon im Anfange dieses Jahrhundertes auftauchte, so war sie doch bald verlassen und vergessen worden, um erst später durch unermüdliche Thätigkeit[2] der Vergessenheit entrissen zu werden.

Was den Ursprung der Endoskopie betrifft, so ist dieser mindestens auf das Jahr 1805 zurückzuführen, wo Bozzini[3], ein

---

[1] Lettres sur la Syphilis, 3me Edition. Paris 1863.

[2] „He has most indefatigably worked at endoskopy“ sagt Cruise von Désormeaux.

[3] Der Lichtleiter oder Beschreibung einer einfachen Vorrichtung und ihrer Anwendung zur Erleuchtung innerer Höhlen und Zwischen-

Arzt aus Frankfurt am Main, den Lichtleiter erfand, einen Apparat, mit Hilfe dessen verschiedene Canäle und Höhlen des menschlichen Körpers besichtigt werden konnten.

Auch Cruise bezeichnet diesen Autor als den „Originator of the endoscopy“, der um das Jahr 1806 den „Light-Conductor“ erfand, verwandelt aber seinen Namen in „Barrini“.

Obgleich Bozzini's Erfindung seinerzeit viel Staub aufgewirbelt, ja selbst in politischen Blättern [1]) zur Sprache gebracht wurde, scheint sie dennoch wenig Verbreitung erlangt zu haben, eigentlich der Vergessenheit anheim gefallen zu sein. Dieses unglückliche Resultat verdankt der Lichtleiter jedesfalls seinem complicirten Bau, ferner der zu jener Zeit nicht so hoch entwickelten Fertigkeit der Aerzte, sich bei den Untersuchungen mechanischer und physikalischer Apparate zu behelfen, möglicherweise aber auch dem seitens der medicinischen Facultät in Wien in Folge eines „von allerhöchsten Orten“ ergangenen Auftrages erstatteten Bericht, in welchem über den Apparat der Stab gebrochen wird. Die beleuchtete Stelle, heisst es daselbst ist so klein, dass sie im Durchmesser höchstens einen Zoll [2]) beträgt. Der Hilfsbedürftige möge auch in Zukunft von dem Urtheil des rationellen Arztes und dem Finger des Erfahrenen, wie bisher einzig die Bestimmung der für ihn passenden Hilfe erwarten.

Freilich scheint Bozzini etwas zu weit gegangen zu sein, wenn er durch den Lichtleiter z. B. bei einer weiblichen Urinblase „die Absonderungen, sowie alle auf das Auge wirkenden Verrichtungen sichtbar“ machen will. Auf der anderen Seite lässt sich nicht läugnen, dass der Erfinder auf reellem Boden stand, wenn er schon damals hervorhob, dass mit seinem Instrumente Muttermund, Scheide, Harnröhre etc. genau gesehen werden können. Viel günstiger, stellenweise sogar mit enthusiastischem Lobe, äusserte sich hierüber die Josefs-Academie in Wien in ihrer Sitzung am 17. Januar 1807 und liess an dem von Bozzini unmittelbar überschickten Original-Lichtleiter einige nicht unwesentliche Veränderungen vornehmen.

---

räume des lebenden animalischen Körpers, Weimar 1807, schon früher angekündigt im k. p. Reichsanzeiger 1805 Nr. 36.

[1]) S. med.-chir. Ztg. v. Hartenkeil 1807 I. Bd. Nr. 15 und 16, ferner K. P. Reichsanzeiger 1806 Nr. 177.

[2]) Vgl. Bull. de la Soc. méd. d'Emulation. Avril 1808.

Bekanntlich sollte Bozzini's Apparat auch zur Untersuchung des Kehlkopfs dienen, zu welchem Behufe eine entsprechende Vorrichtung angegeben ward, so dass diesem Autor mit Recht auch die erste Idee des Kehlkopfspiegels [1] zugeschrieben wird, wiewohl seine Bemühungen wesentlich der Untersuchung der Harnröhre, Blase, Vagina und des Mastdarms gewidmet waren. Wie schon angeführt, fiel die ganze Affaire bald. der Vergessenheit anheim.

Zur Zeit, wo das Vaginalspeculum für die Diagnose verschiedener Krankheiten der Vagina und des Uterus mit epochemachendem Erfolge verwerthet wurde, versuchte M. Ségalas [2] in analoger Weise die Harnblase zu untersuchen. Er legte am 11. December 1826 der Academie des Sciences sein Speculum urethro-cystique vor. Der berühmte, erst jüngst verstorbene Chirurg construirte eine zu endoskopischen Zwecken ganz passende Vorrichtung, welche er in seinem Buche über Harnverhaltung und dem dazugehörigen Atlas publicirte [3]. Die erhaltenen Resultate sollen nicht ganz befriedigend gewesen sein; doch gibt auch Désormeaux zu, dass fortgesetzte Versuche mit diesem Instrumente und kleine an demselben vorzunehmende Aenderungen zum gewünschten Ziele [4] vielleicht geführt hätten.

Die geniale Erfindung war leider bald der Vergessenheit an-

---

[1] vgl. Schnitzler, über Laryngoskopie und Rhinoskopie. Wiener Klinik 1878.

[2] Comptes rendues des sciences de l'institut 1826. „Wenigstens 30 Jahre sind seit den Versuchen von Ségalas verflossen, und Niemand dachte mehr an die Möglichkeit, den Gesichtssinn zum Studium der Affectionen der Harnorgane anzuwenden, als ich im Herbste 1852 anfing, mich damit zu beschäftigen." So äussert sich Désormeaux. Darnach würden Ségalas' Versuche in das Jahr 1822, vielleicht einige Jahre früher fallen. — In dem 1864 erschienenen 12. Bande des Recueil de mem. de méd. et chir. theilt Mourlon mit, dass Ségalas vor 25 Jahren sein Urethroskop proponirt hätte; das wäre also 1839. Factisch publicirte er es 1826. Ich erwähne dies deshalb, weil ich auf Grund dieser Mittheilungen viele Jahrgänge der Comptes rendues der französischen Academie ohne Resultat durchsuchte, bis ich von anderer Seite auf das Jahr 1826 verwiesen wurde.

[3] Traité des rétentions d'urine etc. par P. S. Ségalas. Paris 1828 sammt dazu gehörigem Atlas.

[4] Son auteur aurait peut-être atteint le but; so äussert sich Désormeaux (pag. 6).

heimgefallen, vielleicht auch weil Ségalas die geplanten Modificationen nicht zur Ausführung brachte. Sehr treffend ist in Betreff Ségalas' Speculum urethro-cystique der Ausspruch Dittel's [1]: „Man muss sich wohl mehr über den Undank der Chirurgen wundern, eine so scharfsinnige und nützliche Erfindung zu vergessen, als über die geniale Erfindung selbst."

Bombalgini [2] erfand etwas später ein Speculum, um Magen, Blase, Uterus und endlich den Dickdarm zu untersuchen.

John D. Fisher [3] von Boston führt an, dass er noch als Student, d. i. vor 3 Jahren, also 1824, ein Instrument nach dem Principe des Ségalas'schen erdacht und ausgeführt habe. Sein „Instrument zur Beleuchtung dunkler Räume" beabsichtigte er durch weitere Modificationen zu verbessern, deren Princip detaillirt angeführt wurde. Ja, er war sogar im Begriffe, über Empfehlung des Prof. Patterson Galvanismus als Beleuchtungsmittel zu verwenden. Von Versuchen an Lebenden, namentlich von eventuellen Befunden ist in seinem Artikel nicht die Rede.

Eine ziemlich rationelle endoskopische Vorrichtung scheint schon in den 40er Jahren John Avery [4], ein Londoner Arzt, benützt zu haben, über deren Construction und Anwendungsweise nur wenig in Erfahrung zu bringen ist. Im Jahre 1863 erwähnt Fürstenheim [5] diesen Arzt zuerst mit den Worten [6]: „Der Apparat, mit-

---

[1] Med. Jahrb. XIX. II. pag. 73. Referat über das Endoskop.

[2] Arch. Générales Jan. 1827. (Dieser Autor wird auch von Cruise citirt. Die betreffende Arbeit lag mir nicht vor.) Vgl. auch Cazenave.

[3] Instrumente zur Illumination dunkler Räume von Dr. Isaac Hays. Philadelphia Journ. of the Phys. and Med. Sciences for 1827 XIV. Durch die Freundlichkeit des Prof. Horner erhielt der Autor jenes Aufsatzes das Instrument von Fisher.

[4] Auffallend ist auch die mehrfache unrichtige Schreibweise des Namens, indem er bald Every, bald Avry, bald auch Avéry geschrieben vorkommt.

[5] Einer mir vorliegenden freundlichen Mittheilung zufolge fand Fürstenheim beim Instrumentenmacher des Bartholomäus-Hospitals in London im April 1863 den Apparat, der ihm als zur Beleuchtung der Harnröhre von Avery angegeben, bezeichnet wurde. Von den in die Harnwege einzuführenden eventuell gebrauchten Röhren weiss F. nichts Bestimmtes.

[6] Notizen über das Endoskop u. seine Verwendbarkeit besonders in Krankheiten der Harnwege. Deutsche Klinik 1863. 32.

telst dessen Every in London die Harnröhre beleuchten will, ist unpraktisch ausgeführt, beruht aber auf demselben Principe." (i. e. wie Désormeaux's Endoskop.) Nach derselben Quelle führt diese Mittheilung auch Désormeaux in seinem später erschienenen Buche (pag. 6) an und bemerkt, dass er über diesess Instrument, das seines Wissens nie benützt wurde, sich keinen Aufschluss verschaffen konnte. Und doch hatte Henry Thompson[1]) im Jahre 1850 oder 1851 bei Avery am Charing Gross Hospital Gelegenheit, die Art der Untersuchung der Urethra mit dessen Instrumente kennen zu lernen, deren Resultate, wie er angibt, jenen gleich waren, die er mit Désormeaux's Endoskop erhielt. Nach Thompson's[2]) Angabe verwendete Avery auf diesen Gegenstand grosse Aufmerksamkeit; doch glaubt er nicht, dass Avery bis in die Blase sah. Auch Henry Dick[3]) führt an, dass er vor 14 Jahren (also 1852) mit dem Endoskope zu arbeiten begann und hierüber mehrfache Besprechungen mit dem verstorbenen Avery hatte. J. K. Proksch[4]) hat demnach vollkommen Recht mit seiner Annahme, dass Dick schon lange vor 1860 mit der Endoskopie vertraut war und ihren diagnostischen Werth gekannt hat. An einer anderen Stelle hebt aber Henry Dick[5]) hervor, dass das Urethroskop von „Avry" seinem Zwecke nicht entspricht, ihm wenigstens als unbrauchbar erscheine. Endlich lesen wir bei Czermak[6]), dass der 1854 verstorbene Dr. Avery in London jahrelang mit Versuchen, den Kehlkopf und andere verborgene Körpertheile dem Auge des Arztes zugänglich zu machen, sich beschäftigte. Auch soll sich Avery einer besondern Beleuchtungslampe mit einem concaven in der Mitte durchbohrten Reverber bedient haben. In demselben Sinne wird Avery auch von Türck[7]) citirt. Erst Morell Mackenzie[8])

[1]) Remarks on the use of the Endoscope. The Lancet 1866 20. Oct.

[2]) Die chirurgischen Krankheiten der Harnorgane von Sir Henry Thompson nach der 4. Aufl. des Orig. übers. von Dupuis. Berlin 1877.

[3]) Remarks on the use of the Endoscope. The Lancet 1866 24. Nov.

[4]) Ueber Endoskopie u. Urethroskopie. Med.-chir. Centralblatt 1874 Nr. 18 und 19, Separat-Abdruck.

[5]) Der Nachtripper von H. Dick, aus dem Engl. übers. von Eisenmann 1861. pag. 27.

[6]) Der Kehlkopfspiegel. Leipzig 1863 pag. 2.

[7]) Türck, Klinik der Krankheiten des Kehlkopfes. Wien 1866. p. 5.

[8]) The use of the Laryngoscope. Third edition pag. 24. London 1871.

beschreibt in seinem Lehrbuche den Beleuchtungs-Apparat und Kehlkopfspiegel von Avery. Nach diesem Autor war Avery's Laryngoskop im Principe dem jetzt gebräuchlichen sehr ähnlich und unterschied sich nur wenig von den modernen Instrumenten. M. liefert die Beschreibung und Zeichnung des betreffenden Reflectors und des laryngoskopischen Speculum. Welcher Construction aber die Harnröhrensonden waren, die hervorragende Aerzte gesehen und angewendet zu haben angeben, geht also aus keiner hier erwähnten Mittheilung hervor. Die Herren Weiss and Son in London (62 Strand) haben einer mir vorliegenden Mittheilung zufolge (1844—1846) für Avery sämmtliche Instrumente für Laryngoskopie und Endoskopie angefertigt, besitzen jedoch keine Beschreibung oder Zeichnung derselben. Nach Patruban's[1]) Mittheilung (deren Quelle nicht angegeben wird) wurde Avery's Apparat als unpraktisch anerkannt und nicht weiter benützt, weil er dem Durchmesser der Urethra wenig entsprechende, d. i. zu starke Röhren voraussetzt.

Im Jahre 1842 gab Malherbe[2]) ein neues Mittel an, die organischen Veränderungen der männlichen Harnröhre zu erkennen. Er benützt eine stählerne Schraubenpincette mit geraden langen Armen und versichert, die Fossa navicularis ganz gut zu Gesicht bekommen zu haben, und zwar bei Benützung des Tageslichtes. Auch die Cauterisation der Urethra soll auf diese Weise erleichtert werden.

Ferner geht aus Forget's[3]) Mittheilung hervor, dass von Espezel ein kleines Speculum, ähnlich dem Ohrenspiegel empfohlen wurde, mit Hilfe dessen die Diagnose eines Polypen gesichert und dessen Operation erleichtert werden kann. (v. unten.)

Von Bianchetti, dessen Name von S. v. Pap[4]) unter denen erwähnt wird, die Instrumente behufs Besichtigung der Harn-

---

[1]) Das Endoskop und seine Anwendung. Zeitschrift für pr. Heilk. IX. pag. 636 von Prof. v. Patruban.

[2]) Nouveau moyen de diagnostiquer les altérations de la partie antérieure du canal de l'urèthre chez l'homme. Journal des connaissances med.-chir. Nr. 6 Dec. 1842. — Schmidt's Jahrbücher 1843 39. Bd. p. 184.

[3]) Einige Bemerkungen über die Polypen der Ur. bei Frauen. Bull. de ther. 1844 Juin. — Schmidt's Jahrb. 1844.

[4]) Ueber Endoskopie. Sitzungsber. der Ges. d. Aerzte in Budapest 20. Mai 1876. Pester med.-chir. Presse.

röhre construirten, ist mir keine hieher gehörige Vorrichtung bekannt
worden.

Dr. Gessler[1] in Bonn empfahl (wann und wo?[2]) mit Gas
gefüllte Glasröhren in die Urethra einzuführen und sodann auf elektri-
schem Wege die Beleuchtung einzuleiten. Der Vorgang wird wegen
der Eventualität eines Bruches der Röhre als gefährlich, überdies
auch wegen der durch das starke Licht erzeugten Blendung als
unthunlich bezeichnet.

Unter dem Namen 'Speculum der Urethra und Blase finden sich
in älteren Büchern und Catalogen verschiedene Instrumente verzeichnet, die aber des doppelten Erfordernisses des Begriffes Endoskopie,
nämlich der Beleuchtung einer Region und der directen Besichtigung
derselben entbehren, doch wollen wir speciell Cazenave[3] anführen,
dessen Speculum urethrae den einfachsten und doch brauchbarsten
Vorrichtungen zur Besichtigung der Harnröhre sich anreiht. Er verwendet einen Tubus für die Urethra mit einem Mandrin genau so
beschaffen, wie unsere heutigen Endoskope, verschafft sich das Licht
mit Hilfe eines Reflectors von einer freistehenden Lampe, allein
nicht durch directe Reflexion, sondern mittelst Durchleuchtung (von
unten). Sein Apparat ist nicht nur nicht unbrauchbar, sondern
auch zu einer ziemlich klaren Schilderung von Affectionen der
Urethra verwerthet. Aehnlich ist das Speculum von Ratier.

Aus dem Gesagten ist ersichtlich, dass Idee und Ausübung
der Urethroskopie von mehreren Seiten schon angeregt wurde, und
müsste der Ausspruch von Steurer[4], dass wir die erste Angabe
des Endoskops Désormeaux verdanken, als irrig richtiggestellt
werden, wenn damit mehr als der blosse Name „Endoskopie" gemeint ist.

Alle diese Bestrebungen auf dem Gebiete der Urethroskopie

---

[1] Citirt nach Mourlon de l'uréthroscopie. Recueil de mém. de
méd. de chir. et de pharm. mil. Tome XII. 5. Fasc. Paris 1864.

[2] Möglicherweise sind hier die Geissler'schen Röhren gemeint, die
Fonssagrives bei seiner künstlichen Beleuchtung von Körperhöhlen in
Anwendung zog. s. Durchleuchtung.

[3] Nouveau mode d'exploration de l'urèthre à l'état normal et à
l'état pathologique. Paris 1846. Auch Tanchou (?) wird hier citirt.

[4] Ueber Endoskopie und ein neues Endoskop. Vierteljahrschr. für
Derm. u. Syph. 1876.

waren bald in Vergessenheit gerathen, und selbst Jene, von denen
die Idee ausging, verfolgten den Gegenstand nicht mit entsprechender Energie. Erst A. J. Désormeaux hatte Gelegenheit, das betreffende Terrain ergiebig zu bearbeiten und zwar mit einem Erfolge,
der ihn nicht mit Unrecht als den Vater des Endoskops (the father
of the Endoscope), wie ihn Warwick [1]) nennt, bezeichnen lässt.
In den 50er Jahren dieses Jahrhundertes, wo die rührigste Thätigkeit dem medicinischen Gebiete weitgehende Eroberungen machte,
erhielt Désormeaux von der Académie impériale de médecine [2])
einen Theil des Argenteuil-Preises für das von ihm am 29. November
1853 vorgelegte Endoskop, mit dem er vor der betreffenden Commis-
sion die Exploration einer Urethra am Lebenden möglich machte.
Aber erst mit Erlangung des klinischen Materiales des Hôpital
Necker (1862), erhielt er Gelegenheit zu weiteren Forschungen, als
deren Resultat im Jahre 1865 eine ausführliche Arbeit [3]) über die
Krankheiten der Harnröhre und Harnblase mit Rücksicht auf ihre
Diagnose und Therapie mit Hilfe des Endoskopes erschien.

Noch vor Publication dieses Buches wurden verschiedene Aerzte
durch die betreffenden Journal-Artikel, durch Vorlesungen und Vorträge, sowie durch Demonstrationen zu der Benutzung dieses Instrumentes angeregt, und bald hatte diese Methode nicht nur in Frankreich,
sondern auch in Deutschland, England und Amerika Eingang gefunden. Freilich gab es auch manche Gegner, die in Referaten
oder selbstständigen Aufsätzen der Methode jede Berechtigung ab-
sprachen, oder gar den Autor verunglimpften.

Die weitere Entwickelung der Endoskopie auf Grundlage der
bisher gewonnenen Erfahrungen mit dem Endoskop ist nur wenig
gefördert worden. Der Fortschritt der Endoskopie findet in der Construction neuer, einfacherer Hilfsinstrumente vollgiltigen Ausdruck.
Die historische Entwickelung der Endoskopie erlangt aber von hier
ab nur dann die nöthige Verständlichkeit, wenn mit derselben eine
Beschreibung der betreffenden Apparate verknüpft wird. Es muss
hier demnach auf die nachfolgenden Capitel über die Beleuchtungs-

---

[1]) The Lancet, Zuschrift an den Herausgeber 1868 Dec. 19.

[2]) Bulletin de l'académie de médecine 1855.

[3]) A. J. Désormeaux, de l' Endoscope et des ses applications au
diagnostic et au traitement des affections de l' urèthre et de la vessie.
Paris 1865.

apparate und endoskopischen Sonden als Ergänzung des historischen Theiles der Endoskopie verwiesen werden [1], Wenn man dort jedoch eine chronologische Anordnung vermisst, so wird dieser Mangel einerseits durch die Nothwendigkeit, die diversen Apparate unter ein System zu bringen, andererseits durch die Thatsache zu rechtfertigen sein, dass seit Désormeaux die Bestrebungen der Fachgenossen hauptsächlich auf Vereinfachung der nothwendigen Vorrichtungen gerichtet waren. Dieses Ziel, stets vor Augen gehalten, führte allgemach zu einer relativen Vernachlässigung des Zweckes der Endoskopie, insoferne als nur sehr wenige pathologische und therapeutische Ergebnisse auf diesem Gebiete seither zu Tage gefördert wurden. Es scheint jedoch, dass die Adoptirung ganz einfacher Instrumente zu endoskopischen Zwecken auch auf die letzt angeführten Verhältnisse fruchtbringend einwirkt, so dass seit meiner Publication der einfachen instrumentalen Vorrichtungen der Endoskopie mehrere werthvolle Beiträge zur Kenntniss der Affectionen der Harnröhre erschienen.

Die geschichtliche Entwickelung der Endoskopie im Allgemeinen zeigt uns sonach mehrere Perioden:

I. In der ersten Periode, die zu Beginn dieses Jahrhundertes ihren Anfang nimmt, finden wir eine Reihe von unter einander unabhängigen Versuchen, die Harnwege dem Auge zugänglich zu machen, ohne dass die einzelnen Autoren die bereits erlangten Resultate sich zu Nutzen zogen.

II. Die zweite Periode umfasst die Entstehung des Désormeaux'schen Instrumentes und die verschiedenen Modificationen desselben. Ihre Dauer beschränkt sich auf die beiden Decennien der 50er und 60er Jahre.

III. In der dritten Periode finden wir die Adoptirung des einfachen Beleuchtungsapparats zu Zwecken der Endoskopie. Auch diese Periode stellte bereits eine Reihe von Vertretern der endoskopischen Untersuchungsmethode, welche das Gebiet von verschiedenen Seiten bearbeiteten.

---

[1] Der Vorenthalt der Literaturangabe in einer meiner früheren Arbeiten (Wiener Klinik Heft 2 und 3 1877), wurde als Mangel derselben aufgefasst, mag jedoch durch den mir knapp zugewiesenen Raum und durch andere Umstände gerechtfertigt sein. Hier verweise ich überall auf die mir vorgelegene Quelle.

A. Beleuchtungsapparate.

Die Vervollkommnung der Beleuchtungsapparate bedurfte auf allen, die künstliche Beleuchtung in Anspruch nehmenden Gebieten einer ansehnlichen Reihe von mitunter höchst geistreichen Experimenten. Die mannigfachsten Formen und Arten der Beleuchtungsapparate liefert uns sowohl die Geschichte der Laryngoskopie (Babington, Garcia, Warden, Czermak, Hoffmann, Semeleder, Kramer, Türck etc.), als auch der Ophthalmoskopie (Helmholtz, Ed. Jaeger, Wharton Jones, Epkens, Sämann, Ruete, Follin, Coccius, Zehender etc.), wobei die interessante Wahrnehmung zu machen ist, dass überall die einfachste Methode am raschesten sich Eingang zu verschaffen wusste. Eine andauernde Verwendung eines und desselben Instrumentes bringt wohl auch häufig eine Bevorzugung desselben durch Angewöhnung mit sich. Man weiss nämlich nach längerem Gebrauche kleine Mängel zu umgehen und lernt nur schwer die Aneignung einer neuen Methode; deshalb stehen auf jedem Gebiete mehrere individuell beliebtere Beleuchtungsmethoden in Verwendung. Auch das Gebiet der Endoskopie weist eine ansehnliche Zahl von Beleuchtungsapparaten auf, von denen mehrere ihre respectiven Lobredner sich zu verschaffen wussten.

Wenn ich mir nun die Aufgabe stelle, die bisher bekannt gewordenen, zu endoskopischen Zwecken verwendeten Beleuchtungsapparate zu skizziren, so leitet mich dabei die Absicht, die betreffenden Vorzüge derselben hervorzuheben und zugleich jenen Männern gerecht zu werden, die sich um diesen schwierigen Gegenstand verdient gemacht. Eine ausführliche Zusammenstellung dürfte auch deshalb gerechtfertigt erscheinen, weil eine solche von jedem mit diesem Gegenstande sich Beschäftigenden gewiss nur ungerne vermisst wurde.

Zudem sind einzelne hieher gehörige Vorrichtungen nur einem beschränkten Kreise bekannt, ein Grund, weshalb oft Modificationen, Verbesserungen etc., die in gleicher, oder wenigstens in ähnlicher Form schon publicirt sind, wieder als neu ausgegeben werden.

Die Beleuchtungsapparate zeigen mehr weniger wesentliche Verschiedenheiten. Allen gemeinsam ist blos die Benützung des reflectirten Lichtes. Die Leuchtquelle selbst gehört seltener dem Sonnenlichte, zumeist dem künstlichen an. Dieses verschaffen sich die einzelnen Autoren in mannigfacher Weise. Gazogen, Petroleum, Oel, Gas, Magnesium, elektrisches Licht etc. werden zu diesem Zwecke nutzbar gemacht, hie und da erst nachdem eine Concentrirung des Lichtes auf optischem Wege herbeigeführt wird. Die Leuchtquelle ist bald freistehend, bald ist sie eingeschlossen. Der zur Reflexion des Lichtes dienende Apparat, vorzugsweise den Metallspiegeln entlehnt (concav oder flach) ist gleichfalls entweder selbstständig als solcher in Anwendung gezogen oder mit anderen Bestandtheilen combinirt, in ein System derart eingeschlossen, dass die auf ihn fallenden Lichtstrahlen die ihnen vorgezeichnete Bahn zumeist unter einem Winkel von 90^0 zurückzulegen haben. Was endlich die endoskopischen Sonden betrifft, so werden sie in einer Anzahl von Apparaten mit Leuchtquelle und Reflector oder blos mit dem Letzteren in directe Verbindung gebracht, während sie in einer andern Reihe ganz frei und selbstständig verwendet sind. Nach dieser Formverschiedenheit kann man nun die diversen Beleuchtungsapparate in 3 Gruppen eintheilen. In die erste Gruppe fallen jene, bei denen Lampe und Reflector eingeschlossen untereinander und mit den Sonden verbunden sind (Désormeaux's Princip); in der zweiten ist die Lichtquelle freistehend, der Reflector aber eingeschlossen (oder doch complicirt durch Linsen etc.) und mit den endoskopischen Sonden verbunden. Als dritte Form ist jene anzuführen, bei der eine freistehende Leuchtquelle und der einfache Concav-Reflector in Anwendung gezogen wird, wobei auch die endoskopische Sonde allein zur Einführung gelangt.

I. Beleuchtungsapparate, bei denen die geschlossene Leuchtquelle, Reflector und endoskopische Sonde verbunden sind.

Wenn wir hier chronologisch zu Werke gehen, so dürfte meines Wissens als das älteste hieher gehörige und vielleicht auch complicirteste Instrument der Lichtleiter von Bozzini anzuführen sein, „eine Vorrichtung, welche die Strahlen des Lichtes in die inneren Höhlen des lebenden animalischen Körpers führt und aus diesem wieder auf das Auge zurückleitet." Er besteht aus dem Lichtbehälter, den Lichtleitungen, d. i. Röhren, die das Licht in die Köperhöhle führen, und den Reflectionsleitungen, d. i. Röhren, die die eingeworfenenen Lichtstrahlen wieder auf das Auge zurückleiten.

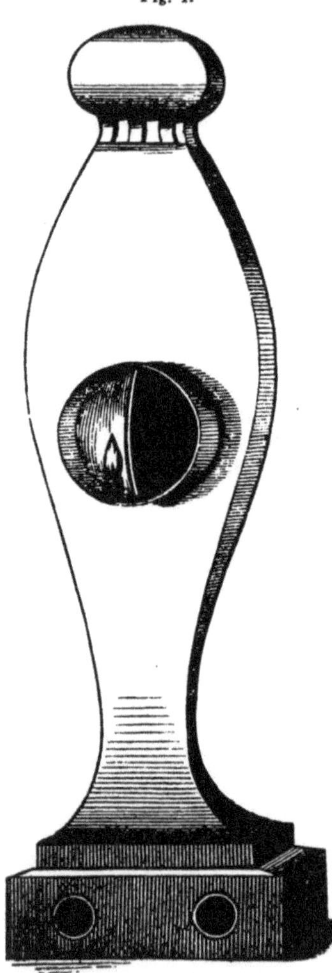

Bozzini's Lichtleiter.

a) Der Lichtbehälter (Fig. 1) hat die Form einer vierkantigen Vase, innerhalb welcher sich die Reflectionsleitungen, das Licht und der Hohlspiegel befinden; an der Vorderwand desselben ist eine rundliche, durch eine verticale Wand in zwei Theile getheilte Oeffnung angebracht, so zwar, dass aus der linken Hälfte das Licht ausströmt, während in der andern die Reflexionsleitungen enthalten sind. *b*) Diese letzteren laufen bis gegen die Hinterwand, wo sie in eine länglich ovale Oeffnung auslaufen. Das Licht steckt in einer Lichtscheide und wird durch eine gewundene Drahtfeder nachgeschoben. *c*) Die Lichtleitungen bilden jenen Theil, welcher in die Höhlen und Zwischenräume des lebenden animalischen Körpers geführt wird. Die Lichtleitungen für grössere Höhlen sind aus vier Blättern bestehend (nach Art des Weiss'schen Mastdarmspeculums) construirt, während die für kleine Höhlen nur zwei Theile haben und im geschlossenen Zustande nur 1‴ im Durchmesser betragen[1]).

Die Reflexionsleitungen nehmen ihren Anfang schon in den Lichtleitungen, passiren die Höhle des Lichtbehälters, an dessen hinterer Wand sie mit einer ovalen

---

[1]) Auch eine Lichtleitung für schiefe Richtung oder Winkelleitung wurde construirt, mit einem gläsernen und einem Hohlspiegel von Metall, welche die Lichtstrahlen in einem Winkel von 45° brechen.

Oeffnung (Augenöffnung) endigen. Selbstverständlich muss die Construction derart sein, dass Licht- und Sehwinkel an entsprechender Stelle sich durchkreuzen.

Das Instrument rief, wie schon erwähnt, Sensation hervor und wurde von einem zeitgenössischen Referenten [1]) als eine mit grossem Genie ausgeführte und merkwürdige Vorrichtung bezeichnet. Sowohl zu physiologischen als auch zu pathologischen Zwecken sollte es eine Verwendung finden; Geschwüre der männlichen Harnröhre könnten damit gesehen werden etc.

Zunächst wäre wohl in chronologischer Folge das 1826 von Ségalas construirte Speculum urethro-cysticum anzuführen, allein wir wollen dieses erst später erwähnen, da es zu den einfacheren Beleuchtungsapparaten gehört (s. unten).

Im Jahre 1827 wurde John D. Fisher's [2]) Instrument zur Illumination dunkler Räume publicirt. Dieses besteht (Fig. 2) aus einem Concavspiegel, einem Lichte, aus 3 Röhren und zwei Spiegeln. Der Hohlspiegel a ist durch 2 Stützen mit der Röhre c verbunden, zwischen denen das Licht b sich befindet. Die Röhren c und d sind durch Charniere, während d und e durch ein Ellbogengelenk verbunden sind. In dem von den beiden letzten Röhren gebildeten rechten Winkel ist eine durch einen schrägen Spiegel g geschlossene Oeffnung angebracht. Der Spiegel f ist in der Mitte nicht belegt oder durchbohrt und mit der Röhre d

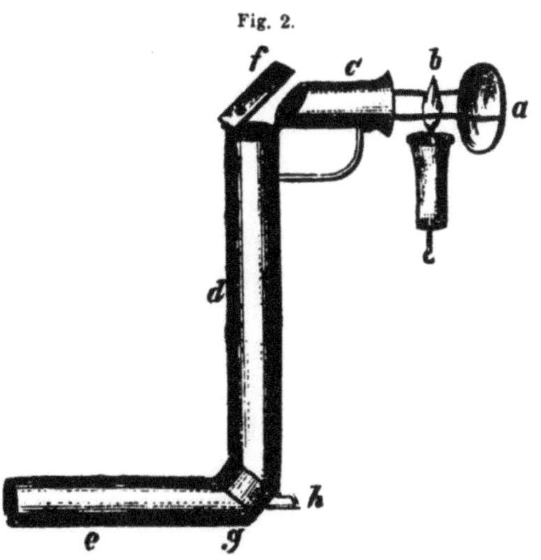

Fig. 2.

Fisher's Instrument.

---

[1]) Salzburger med. u. chirurg. Ztg. 1807 S. 273.

[2]) Dr. Isaac Hays von Phil. in The Phil. Journ. of the Phys. and Med. Science XIV. 1827. Das Original lag mir nicht vor und verdanke ich die Mittheilung der Uebersetzung und Zeichnung der Freundlichkeit des Herrn Dr. Mundé in New-York.

durch ein Charnier befestigt. In der Röhre c befindet sich eine biconvexe Linse behufs Concentrirung des auf den Spiegel f fallenden Lichtes; ebenso befindet sich eine solche innerhalb der Röhre e behufs Vergrösserung des Objectes. Die letztere Linse, in einem durch den Draht h verschiebbaren Ring befestigt, kann so eingestellt werden, dass das Object in den Focus gelange.

Das Licht wird demnach von dem Spiegel a reflectirt, fällt auf den Spiegel f, von dem es durch die Röhre d auf den Spiegel g und von hier durch die in eine dunkle Höhle eingeführte Röhre e auf das Object geworfen wird. Der beleuchtete Punkt reflectirt das Licht wieder auf den Spiegel g, in welchem das Bild von dem hinter dem Spiegel f befindlichen Auge des Operateurs gesehen wird. Einige geplante Verbesserungen werden hiebei angegeben.

Diesem Apparat liegt wohl dieselbe Idee zu Grunde, welcher der Désormeaux'sche sein Entstehen verdankt: Die von der Lichtflamme ausgehenden Lichtstrahlen werden vom Concavspiegel reflectirt, fallen divergent auf die Sammellinse, durch welche sie concentrirt auf den durchbohrten Planspiegel auffallen, der sie um einen rechten Winkel reflectirt. Bisher stimmt der Lauf der Strahlen bei Fisher und Désormeaux vollkommen überein. Da die dritte Röhre bei Désormeaux fehlt, so fehlt auch die zum zweiten Male erfolgende Reflexion des Lichtes um einen rechten Winkel. Der Hauptunterschied beider Apparate liegt wohl darin, dass die Flamme hier offen, in Désormeaux's Apparate jedoch geschlossen ist. Auch Cruise führt an, dass Fisher ein dem von Désormeaux empfohlenen Apparate im Principe identisches und in der Construction ähnliches Instrument ersann.

Ob Fisher's Instrument zur praktischen Anwendung gelangte, und eventuell mit welchem Erfolge, ist mir nicht bekannt.

Désormeaux's Instrumente selbst sind allerdings in den meisten hieher gehörigen Werken und Abhandlungen genau beschrieben, mitunter auch wegen der Schwierigkeit des Verständnisses bildlich dargestellt. Die beabsichtigte Vollständigkeit aber einerseits, sowie das Princip andererseits, welches den Modificationen und Nachahmungen zu Grunde gelegt wurde, dürfte eine wiederholte Darstellung des Beleuchtungsapparates an dieser Stelle rechtfertigen. Auch lässt sich mit vollem Rechte behaupten, dass mit keinem anderen in Verwendung gezogenen Beleuchtungsapparate so viele und dauernde Erfolge erzielt wurden, als mit dem Désormeaux'schen, beziehungsweise mit dessen Modificationen.

Der etwas complicirte Beleuchtungsapparat des Désormeaux'schen Endoskops verschafft durch Reflexion der von einer geschlossenen Flamme ausgehenden und durch optische Hilfsmittel concentrirten Lichtstrahlen eine direct gegen das Sehobject gerichtete ziemlich intensive Beleuchtung (Fig. 3). Er hat zwei je in einem Rohre untergebrachte Hauptbestandtheile: die Beleuchtungslampe (das in der Figur rechts stehende verticale Rohr) und den Reflector (in der Figur links vertical stehend).

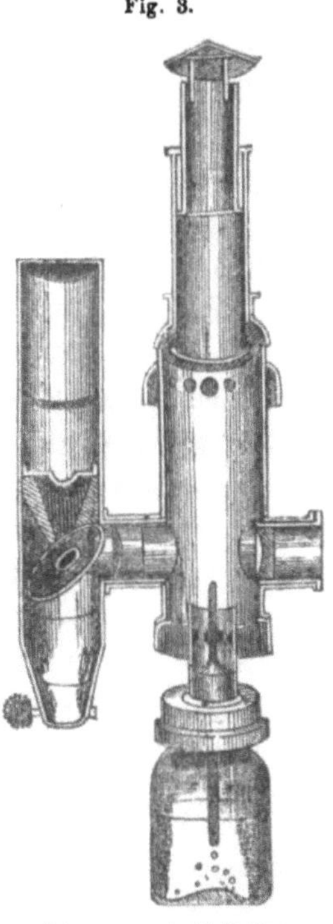

Désormeaux's Endoskop.

a) Die Lampe, mit Gazogen[1]) gefüllt, lässt sich von der Röhre durch eine passende Vorrichtung entfernen und an diese wieder anfügen. Das Rohr besitzt die nothwendigen Oeffnungen für die Circulation der Luft. In der Höhe der Flamme geht nach rechts und links von dem Rohre je ein Kniestück ab. Das rechtsseitige Kniestück enthält in passender Entfernung von der Flamme einen silbernen Concavspiegel, der das Licht der Flamme concentrirt nach der entgegengesetzten (in der Figur nach der linken) Seite hin reflectirt. Das linksseitige Kniestück dient zur Verbindung mit dem zweiten Hauptbestandtheile. Die Lampe sammt Rohr steht vertical.

b) Der Reflector ist gleichfalls in einem metallenen Rohre befindlich, welches ungefähr in der Mitte ein kurzes nach rechts abgehendes Kniestück besitzt, das in das linke Kniestück des Lampenrohres eingefügt werden kann. Dieses Rohr hat horizontal[2])

---

[1]) Das sogenannte Gazogen besteht aus einer Mischung von Alkohol und Terpentingeist und zwar 0·40 CCm. 96%igen Alkohol und 0·10 CCm. Essence thérébinthine rectifiée.

[2]) In der Zeichnung stehen wohl beide parallel, in welche Stellung man sie zwar bringen kann, und zwar indem man das zweite Rohr (Re-

zu liegen. Das vordere (in der Figur obere) Ende bildet das Ocularende mit einem Diaphragma; in der Mitte der innen geschwärz-
ten Röhre befindet sich ein central durchbohrter Planspiegel unter
einem Winkel von 45° geneigt; rechts von diesem Spiegel u. zw.
in dem Kniestücke, befindet sich ein Convexglas (Sammellinse);

das hintere (in der Figur
untere) Ende des Roh-
res dient zur Verbindung
mit den endoskopischen
Sonden.

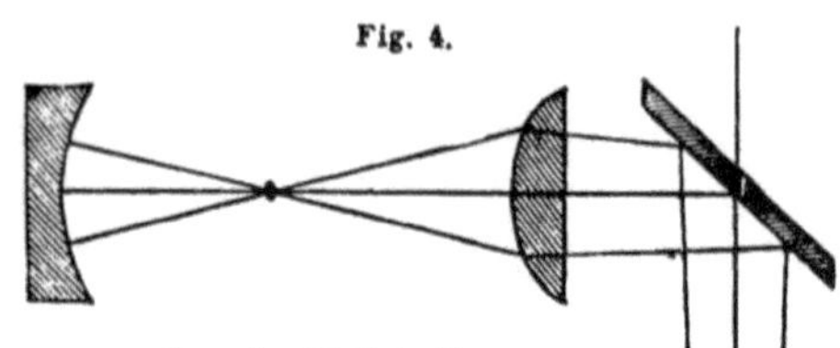

Fig. 4.

Gang der Lichtstrahlen.

Lampen - und Re-
flectorrohr stehen also
durch das erwähnte Kniestück mit einander in Verbindung, so zwar, dass leichte Hebung und Senkung je
eines Endstückes des Reflectors statthaft ist, während
das Lampenrohr bei der Untersuchung stets vertical
zu verbleiben hat. Noch ist zu bemerken, dass für
ametropische Augen ein entsprechendes Correctionsglas
in das Ocularende einfügbar ist.

c) Als dritter Bestandtheil des ganzen Apparates
ist die endoskopische Sonde anzusehen, welche an
das hintere Endstück des Reflectorrohres angefügt und
durch eine Schraubenvorrichtung befestigt wird.

Der Weg, den die Lichtstrahlen durch den Désormeaux'schen Apparat zurücklegen, ist also (Fig. 4)
folgender: Das Licht der Lampe (in der Figur durch
einen Punkt dargestellt) wird durch den silbernen Concavspiegel nach rechts reflectirt, fällt sodann auf die
Convexlinse, welche es concentrirt auf den schräg stehenden Planspiegel bringt. Durch diesen erhalten die
Lichtstrahlen eine andere Richtung, indem sie unter
einem rechten Winkel gegen das hintere Endstück des
Reflectorrohres resp. in die endoskopische Sonde reflectirt
werden. Die nach hinten verlängerten Lichtstrahlen — in der
Zeichnung durch eine Linie repräsentirt — passiren die Perfora-

---

flector) um die Axe des Kniestückes rotirt. Bei der Untersuchung jedoch
kreuzen sie sich mehr weniger.

tion des schrägen Spiegels, hinter welchem das untersuchende Auge sich befindet.

Um nun den ganzen Apparat in Thätigkeit zu setzen, verbindet man die brennende Lampe mit dem Rauchcylinder, vereinigt sodann das linke Kniestück des Lampencylinders mit dem rechten Kniestücke des horizontal laufenden Reflectorrohres, so dass das Ocularstück desselben nach vorne zu liegen kommt, während das hintere Ende desselben mit der schon vorher in die Harnröhre eingeführten endoskopischen Sonde vereinigt und durch eine passende Schraubenvorrichtung befestigt wird. Die nebenstehende Figur (Fig. 5) stellt den vollkommen adjustirten Apparat dar. Das vertical stehende, am besten mit der rechten Hand zu haltende Lampenrohr ist links von dem horizontal laufenden Reflectorrohre, vor welchem das Auge sich befindet. Während der Untersuchung wird die endoskopische Röhre, beziehungsweise das zu untersuchende Organ mit der linken Hand des Untersuchers gehalten.

Mit Hilfe des so eingerichteten Désormeaux'schen Beleuchtungsapparates gelingt es ohne weitere Mühe, das beleuchtete Object wahrzunehmen. Freilich muss das betreffende Auge bereits einige Uebung besitzen, um die Details des kleinen, und wie schon hier hervorgehoben sei, nur mässig beleuchteten Sehfeldes zu entnehmen. Nicht nur der Erfinder dieses Instrumentes, sondern auch viele andere hervorragende Aerzte gebrauchten dasselbe, wie allgemein angegeben wird, mit sicherem Erfolge (Mallez, Saez, Rob. Newman, Portella, Henry Dick u. A.). Andere versichern, dass sie trotz vielfacher Versuche mit diesem Instrumente keine Resultate erlangen konnten (Dittel, Ultzmann, Henry Thompson u. A.). Ich selbst war anfänglich nicht in der Lage, mit dem Apparate deutliche und zu diagnostischen Zwecken

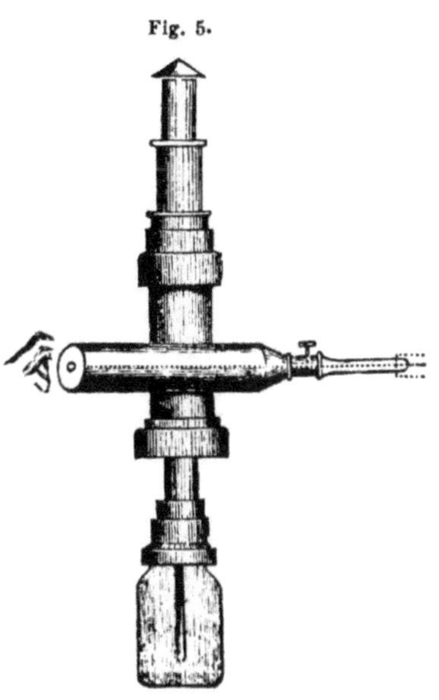

Fig. 5.

Désormeaux' Endoskop während der Untersuchung.

verwerthbare Bilder zu sehen. Erst als ich in der Urethroskopie
nach meiner Methode einige Uebung erlangt hatte, konnte ich auch
mit Désormeaux's Endoskope [1]) untersuchen. Mir war sofort die
Aussage Fürstenheim's [2]) einleuchtend, dass von 10 deutschen
Aerzten, denen Désormeaux im Jahre 1863 mittelst seines Ap-
parates Steine in der Blase, Entzündung und Strictur der männlichen
Harnröhre zeigte, drei oder vier, denen das Instrument zum ersten
Male zu Gesichte kam, nichts sahen.

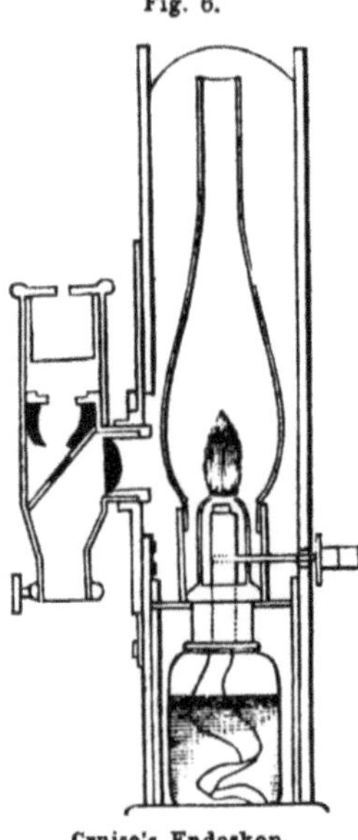

Fig. 6.

Cruise's Endoskop.

Die erste Modification erhielt der eben
erwähnte Beleuchtungsapparat durch Cruise
in Dublin [3]). Er gelangte nämlich nach
vielfachen Versuchen zu dem Resultate, dass
die beste Beleuchtung durch die schmale
Kante der flachen Flamme einer Petroleumlampe zu erhalten sei. Er substituirte daher
in Désormeaux's Apparate die Gazogenlampe durch eine Petroleumlampe (Fig. 6),
welche er derart anbringen liess, dass die
Kante der Flamme in der Höhe des horizontalen Kniestückes sich befindet, und so
die Lichtstrahlen auf die Sammellinse fallen.
Der concave Reflector zur rechten Seite der
Flamme, wie er bei Désormeaux zur Concentration des Lichtes vorhanden ist, wurde
als unnöthig weggelassen, da hier ein viel
stärkeres Licht ohnehin erlangt wird. Eine,
die Lampe sammt Glascylinder einschliessende hölzerne Hülse dient
zum Schutz vor der durch die Flamme erzeugten Hitze, sowie zum
Dirigiren des Apparates. An dem zweiten Rohre ist keine wesentliche Veränderung vorgenommen worden.

Bei diesem Instrumente ist der Vorzug bemerkenswerth, dass
die Flamme durch Hinaufschrauben des Dochtes während der Unter-

---

[1]) Zwei verschiedene Endoskope: Ein älteres, Eigenthum des Herrn
Prof. Dittel und ein neueres, Eigenthum des Herrn Hofr. Prof. Sigmund
hatte ich Gelegenheit, zu erproben.

[2]) Notizen über das Endoskop. Deutsche Klinik 1863.

[3]) F. R. Cruise, The utility of the Endoscope. Dublin Quarterly
Journal of med. Science. May 1865. pag. 329—363.

suchung leicht verkleinert oder vergrössert werden kann. Um constanteres und intensiveres Licht zu erzielen, werden 10 Gran Campher in 1 Unze Petroleum aufgelöst. Cruise's Apparat gibt „entschieden ein viel intensiveres, weisseres Licht, als der von Désormeaux" (Fürstenheim) und dürfte Cruise's Ausspruch, dass das Licht seines Apparates zu dem von Désormeaux sich wie Zwielicht zu Tageslicht verhält, der Wahrheit ziemlich nahe kommen.

Dieses Apparates bedienten sich auch [1]) Chr. Heath, H. Thompson[2]), Pridigin Teale, Henry Dick, R. Newman[3]), Bumstead[4]) und Andere.

Bemerkenswerth ist der Umstand, dass die durch Cruise's Apparat erzielte bessere Beleuchtung manche, besonders englische Aerzte zur Wiederaufnahme der endoskopischen Untersuchungs- und Behandlungsmethode veranlasste, nachdem sie mit dem Désormeaux'schen aus verschiedenen Gründen die gehofften Resultate nicht erreicht hatten.

Fürstenheim in Berlin hat das Verdienst, die Endoskopie nach Deutschland verpflanzt zu haben[5]). Er adoptirte im J. 1863 Désormeaux's Apparat, den er vortrefflich zu handhaben wusste. Trotz seiner fortgesetzten Untersuchungen mit dem Endoskope musste Fürstenheim[6]) im Jahre 1870 darüber Klage führen, dass es bis dahin in fast keiner officiellen deutschen Klinik gebraucht wurde, obgleich er in demselben Jahre, Cruise's Verbesserungen benützend, eine vortreffliche Schilderung der normalen und erkrankten Schleimhaut der Harnröhre und Harnblase und ein verbessertes Endoskop veröffentlichte[7]).

Fürstenheim's[8]) modificirter Beleuchtungsapparat (Fig. 7) ist für Petroleum eingerichtet, mit welchem er weisseres Licht erhält,

[1]) vide „The Lancet" 1866 September und October.

[2]) l. c.

[3]) R. Newman, The Endoscope. Transactions of the med. Society of the State of New-York for the year 1870. Albany 1872.

[4]) The pathology and treatement of ven. diseases. Philadelphia 1870 pag. 100.

[5]) Fürstenheim, Notizen über das Endoskop etc.

[6]) Fürstenheim, Berl. med. Ges. Sitzung am 28. Dec. 1870.

[7]) Berl. klin. Wochenschr. 1870. 3. u. 4. — Oesterr. Ztschr. f. prakt. Hlk. 1870. Nr. 25.

[8]) Berl. klin. Wochenschr. 1871. Nr. 23.

wenn er demselben etwas Campher beimischt. Der Apparat besteht aus einer Petroleumlampe mit flachem Brenner. Die schmale Seite der Flamme fällt auf den geneigten Reflector. Um die Metalllampe herum ist eine Holzhülse, während der Glascylinder derselben mit einem Metallcylinder umgeben wird. Der concave Reflector kann hier, wie bei Cruise weggelassen werden. Fürstenheim gibt diesem Apparate den Vorzug vor Cruise's Beleuchtungsapparate, weil er einfacher und ohne die überflüssigen Cruise'schen Schraubenmechanismen hergestellt ist. Aber auch gegen den einfachen Reflector spricht sich Fürstenheim[1]) entschieden aus.

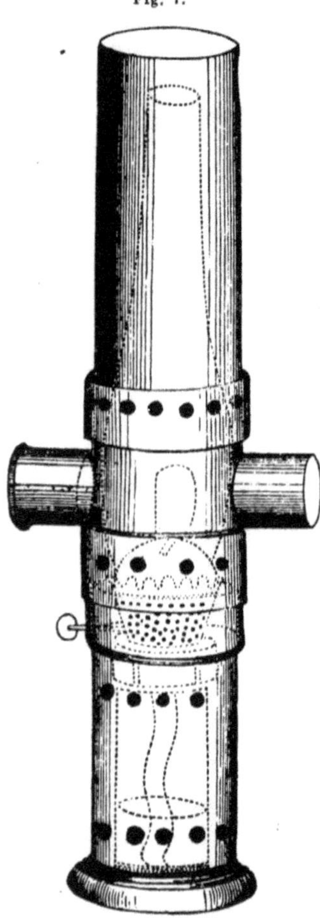

Fig. 7.

Fürstenheim's Endoskop.

Die an dem Endoskop von Désormeaux vorgenommenen Modificationen sind nicht ganz belanglos. Beide Autoren wählten als Leuchtquelle die Petroleumlampe, welche nicht nur leicht herstellbar, sondern auch einfacher zu handhaben und zu Zwecken der Untersuchung rascher in Stand zu bringen ist. Der Gazogenlampe wird von mancher Seite der Vorwurf gemacht, dass sie oft intensiv raucht, leicht auslöscht und so die Untersuchung sehr verzögert. Dass in dem einen Falle der Glascylinder der Lampe mit einer hölzernen, in dem anderen mit einer metallenen Hülse, und zwar zu dem sehr nöthigen Schutze des Untersuchten vor der stärker entwickelten Hitze umgeben ist, ist blos ein durch die intensivere Flamme bedingtes Postulat, ohne als Verbesserung des Désormeaux'schen Apparates gelten zu dürfen.

---

¹) Allg. med. Centralzeitung 1874. Sitzungsbericht der Berliner med. Ges. vom 4. März 1874.

Dr. E. Andrews [1]) construirte nach dem Apparate von Désormeaux (after the Parisian plan) ein Endoskop, das er zur Zufriedenheit verwendete. Da ihn jedoch das mangelhafte Licht oft in Stich liess, so versuchte er eines Tages einen brennenden Magnesiumdraht, dessen Beleuchtung ihn so befriedigte, dass er den Draht mittelst Springfeder an das Instrument adaptirte, so dass der brennende Draht ohne Hilfe eines Assistenten stets vorrückte. Andrews lobt das Licht ausserordentlich.

Hieher gehört wohl auch S. Stein's Photo-Endoskop, wenn dasselbe mit der Magnesiumlampe in Verwendung gezogen wird (v. unten).

Gegenüber dem einfachen Beleuchtungsapparate, den ich in Verwendung habe und der wohl auch von mehreren Seiten in Vorschlag gebracht wurde, — d. i. dem Concavreflector mit Stirnbinde, — haben die Apparate nach dem Principe Desormeaux's den Vortheil, dass in dem Momente, wo das gehörig zusammengesetzte Instrument applicirt ist, die Beleuchtung einer eingestellten Partie auch sofort bewerkstelligt und die Besichtigung derselben ermöglicht ist; der Stirnreflector dagegen erheischt eine präcise Haltung, welche bei allenfallsigen Bewegungen des Untersuchten oder Untersuchenden eine jeweilige Veränderung einzunehmen hat. (Dieser scheinbare Nachtheil entfällt selbstverständlich, wenn man sich eine mässige Uebung mit dem Reflector angeeignet hat.)

Im Nachfolgenden mögen aber auch einige wesentliche Uebelstände hervorgehoben werden, die dem Endoskope von Désormeaux und beziehungsweise den Modificationen derselben anhaften:

Die Beleuchtungsintensität ist bei Désormeaux eine constante, während schon das modificirte Endoskop nach Cruise und Fürstenhein ein bald stärkeres, bald schwächeres Licht erzielen lässt. Immerhin kann jedoch die Intensität nur bis zu einem gewissen Grade gesteigert werden.

Die Erwärmung des Lampentubus ist für den Arzt sowohl als auch für den zu Untersuchenden eine unangenehme Beiwirkung. Ja, in Folge der Hitze kann die Stirn des Untersuchenden oder der rechte Oberschenkel des Untersuchten verbrennen

---

[1]) The urethra viewed by a Magnesium Light. The med. Record Vol. 1867/8. pag. 107. — „Chicago med. Examiner".

(Couriard [1]). Auch der Docht pflegt oft rasch zu verkohlen, so dass er zuweilen während der Untersuchung beschnitten werden muss (Ebermann).

Noch wird der Umstand angeführt, dass der der Lampe entströmende Rauch furchtsame Patienten nervös aufregt und ängstlich macht, so dass die Operation schwer und ausserordentlich unvollständig beendigt werden kann (Wales).

Die Nothwendigkeit, den Lampentubus stets in verticaler Richtung zu erhalten, bringt auch eine Beschränkung in der Lage der endoskopischen Sonde, welche in der Regel horizontal zu verbleiben hat und nur eine geringe Hebung oder Senkung gestattet, ein Umstand, der auch auf die Lage des Kranken von wesentlichem Einfluss ist. Dieser muss nämlich derart placirt sein, dass für den Apparat hinreichender Spielraum geboten sei. Der Kranke muss daher die horizontale Lage mit stark flectirten Knieen einnehmen, so zwar, dass das Perineum nur handbreit vom Bettrande sich befindet (Tarnowsky); oder er liegt am Rande eines Bettes, die Füsse auf je einen Sessel gestützt (Desormeaux); oder der zu Untersuchende sitzt am Rande eines Sessels mit abducirten Schenkeln, während der Untersucher zwischen denselben die Exploration knieend vornimmt (Cruise). In allen Fällen eine für den Kranken höchst ermüdende Stellung (Ebermann).

Viel wichtiger jedoch ist der Uebelstand, den die unbewegliche Verbindung des Beleuchtungsapparates mit der zuvor in die Urethra eingeführten endoskopischen Sonde bedingt. Erfahrungsgemäss verursacht schon selbst die bewerkstelligte Entfernung eines Conductors (Leitstäbchens) aus dem in die Urethra einzuführenden Instrumente, eine oft bis zu bedeutendem Schmerze sich steigernde Empfindlichkeit, welche durch die Zerrung der Schleimhaut hervorgerufen wird. Bei jedem Beleuchtungsapparat aber, dessen Construction eine Verbindung desselben mit der endoskopischen Sonde erfordert, wird dieser Act als der schmerzhafteste Theil der Untersuchung bezeichnet.

Ebenso wird jede Drehung des senkrecht stehenden Lampenrohres, beziehungsweise die Hebung oder Senkung der Sonde zumeist eine Schmerzhaftigkeit nach sich ziehen.

---

[1]) Petersburger med. Zeitschr. 1865 pag. 52.

Die meisten Autoren empfehlen die Vorbereitung des Kranken, durch Einführung anderer Instrumente in die Harnröhre. Wie Ebermann ferner anführt, passirt es bei Untersuchungen des der Blase zunächst gelegenen Theils der Harnröhre oft, dass der Kranke den Harn zurückzuhalten nicht im Stande ist, dass dieser dann nicht blos das Gesicht des Untersuchenden überschwemmt, sondern auch die Lampe auslöscht.

Die Verbindung des Apparates mit den endoskopischen Sonden erforderte.es, dass an der Seite der Letzteren eine in einen Schlitz auslaufende Oeffnung behufs Einführbarkeit von Instrumenten (Wattetampontträgern etc.) angebracht wurde. Dieser Schlitz behindert aber durch mögliche Prolabirung der Schleimhaut eine Verkleinerung des Sehfeldes, oft aber bei Verschiebungen einen Schmerz, während er da wegbleibt, wo Apparat und Sonde ohne Verbindung untereinander stehen. Die Einführung von Instrumenten durch diesen Schlitz und die vorzunehmenden Operationen können wohl erlernt werden; der Vorgang ist aber gewiss mit Schwierigkeiten verbunden.

Der Beleuchtungsapparat erfordert eine längere Einübung in der Handhabung desselben, so zwar, dass oft Solche, die das Instrument zum ersten Male zu Gesicht bekommen, nichts sehen, wenngleich zum Einüben des Auges eine weit geringere Lehrzeit gehört, als beim Kehlkopf und Augenspiegel (Fürstenheim).

Die Schwerfälligkeit des Apparates, der ein ziemlich bedeutendes Gewicht hat, ohne übrigens vielpfündig an den Genitalien des Patienten herabzuhängen, wie sich S. Stein ausdrückt, ist an und für sich bei einem mit dem Apparate Geübten von keiner erheblichen Bedeutung; allein sie hindert den Untersucher, das Gefühl mittelst der Sonde in geeigneter Weise auszunützen; mit andern Worten: Der Untersucher ist sich nicht in jedem Momente über die am Ende des Instrumentes stattfindenden Vorgänge klar. Ja, die Erfahrung hat gezeigt, dass nicht selten brennender Schmerz oder selbst eine Verletzung verursacht wurde, bevor der Operateur seine Fehler erkannte (Ebermann, Couriard).

Nur ein sehr Geübter wird bei einfachen Untersuchungen einer Assistenz entbehren können, während diese in jedem Falle nothwendig sein wird, wo etwas mehr als blosse Beleuchtung der Harnröhre etc. eingeleitet wird.

Schliesslich kommt noch der hohe Preis des Apparates, der sehr sorgfältig gearbeitet sein muss, auch in Betracht. Ich bin daher auch geneigt, mit Rob. Newmann darin übereinzustimmen, dass die mangelhafte Construction des Apparates die Verurtheilung des perfecten Instrumentes offenbar nach sich zog.

II. Beleuchtungsapparate, bei denen die Leuchtquelle freistehend und getrennt, Reflector und endoskopische Sonde verbunden sind.

Die eben erwähnten Mängel des Désormeaux'schen Apparates und seiner Modificationen haben die Erfindung einer Reihe von Beleuchtungsapparaten veranlasst, welche allerdings einigermassen einfacher, jedoch in vielen Stücken blos Nachahmungen der erst-erwähnten Instrumente sind, und von verschiedenen Fehlern sich nicht emancipiren konnten. Bei einigen Apparaten wurde die Trennung der Leuchtquelle und des Reflectors vor allem angestrebt, während die unbewegliche Verbindung des Letzteren mit der endoskopischen Sonde aufrecht erhalten blieb. Sämmtliche hieher gehörigen Instrumente theilen daher die aus dieser Verbindung resultirten Uebelstände, und weisen blos in jenen Punkten einiger-massen Vortheile auf, die die freistehende Leuchtquelle (statt des abgeschlossenen Lichtes) bietet. Die von den verschiedenen Autoren erstrebten oder erzielten Verbesserungen beschränken sich zumeist auf die Beseitigung eines oder weniger früher namhaft gemachten Uebelstände. So culminiren die Verbesserungen einzelner Apparate in der Steigerung der Lichtintensität (Stein, Andrews, Ebermann) oder in der Wahl des Tageslichtes als Lichtquelle (Langlebert, Warwick). Wieder Andere substituiren das Spiegelrohr des Désor-meaux'schen Apparates durch einen einfachen Spiegel mit centraler Perforation (Couriard, Ebermann, Wales), halten jedoch die Verbindung mit der endoskopischen Sonde aufrecht.

Die Nachtheile jedes einzelnen Beleuchtungsapparates detaillirt aufzuzählen, wäre nicht nur überflüssig, sondern auch ziemlich erschwert, denn man kommt eben nicht leicht in die Lage, derlei Instrumente gründlich zu erproben, um einerseits deren Vorzüge, andererseits ihre Nachtheile präcise kennen zu lernen. Auch lässt es sich nicht läugnen, dass viele Apparate an Brauchbarkeit nichts zu wünschen übrig lassen, und wie schon erwähnt, durch längeren

Gebrauch und durch grosse Uebung etc. eine individuelle Bevorzugung erlangen. Hieher gehören folgende Apparate:

Langlebert[1]) legte am 22. September 1868 der Académie de méd. in Paris ein Urethroskop (Fig. 8) vor, bei welchem Tageslicht, eine Lampe oder Kerze verwendet werden kann. Die Linse ist hier nicht, wie in anderen Instrumenten an das Ende eines Tubus, sondern eines Hohlkegels fixirt, der innen versilbert, und von einem solchen

Fig. 8.

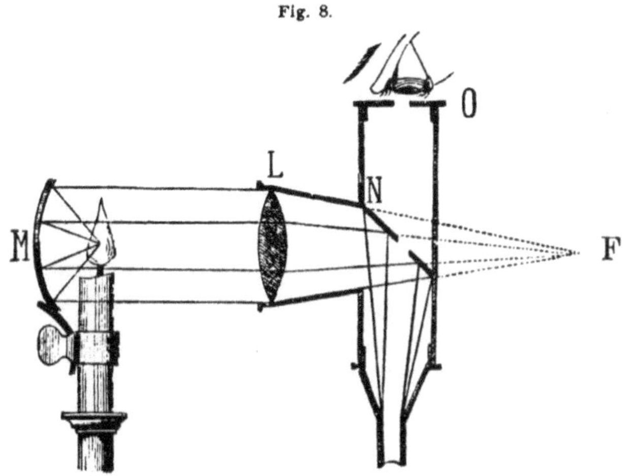

Langlebert's Urethroskop.

Durchmesser ist, dass dessen supponirte Spitze mit dem Brennpunkt der Linse in F zusammenfällt. (v. die punktirten Linien.) In einer gewissen Entfernung von dieser Linse befindet sich ein elliptischer Metallspiegel N im Centrum durchbohrt und unter einem Winkel von 45° geneigt. Dieser Spiegel leicht concav, erhält sämmtliche von der Linse concentrirten Strahlen, reflectirt sie gegen das Ende des Katheters, in welchen das Auge des Operateurs durch O sehen kann.

Wie der nebenstehenden Zeichnung leicht zu entnehmen ist, wurde von L. bei der Construirung seines Urethroskops das Reflectorrohr von Désormeaux in toto adoptirt; dagegen sehen wir das Lampenrohr in ganz einfacher Weise ersetzt, indem das von einer

---

[1]) Gazette hebdomadaire de méd. et de chir. Nr. 39. 1868 und An uncomplicated urethroscope, „The Lancet" 1868 Dec. 12. p. 768.

freistehenden Kerzenflamme (einer Lampe) ausgehende Licht, welchem ein Concavreflector den geeigneten Weg vorschreibt, in Anwendung gezogen ist. Optisch ist dieses Instrument blos eine Copie des Désormeaux'schen.

Ich hatte wohl keine Gelegenheit das Langlebert'sche Urethroskop zu prüfen; doch scheint es die früheren wohl an Einfachheit zu übertreffen, während es ihnen, was Lichtintensität und andere Umstände betrifft, nachstehen muss, da hier ein Theil des Lichtquantums auf dem Wege bis zur Sammellinse verloren geht. Auch Tarnowsky [1]) äussert sich abfällig, da „das Licht von einem kleinen Cerosinlämpchen erhalten wird" und die „wenig geschützte Flamme der Lampe von der geringsten Bewegung" schwankt, so dass sie es verhindert, im Felde des Endoskops deutlich zu sehen.

Bald nach Publication des Langlebert'schen Urethroskops erschienen in „The Lancet" Zuschriften [2]) von John Brunton und R. A. Warwick, welche das Princip des Langlebert'schen Instrumentes als von ihnen entlehnt bezeichneten. Brunton theilt nämlich dem Herausgeber des „Lancet" mit, dass er schon im Jahre 1865 einen seit dem Jahre 1861 von ihm gebrauchten Ohrenspiegel publicirte, dessen Princip er auch zur Untersuchung anderer Körperorgane (Urethra, Vagina, Uterus etc.) als anwendbar bezeichnet.

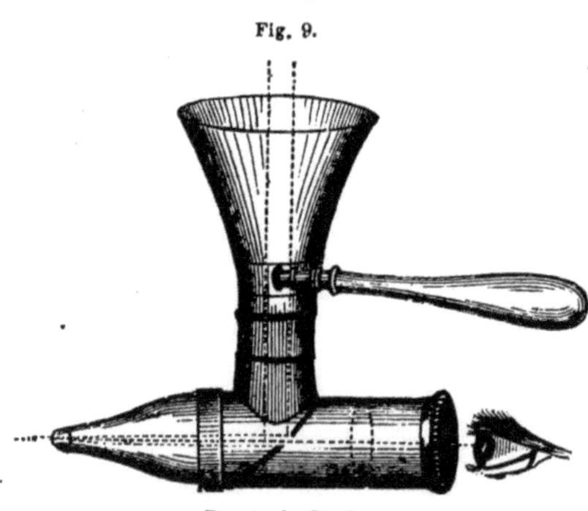

Fig. 9.

Brunton's Otoskop.

Das hier angezogene Instrument [3]) besteht (Figur 9) aus einem 2" langen Tubus mit einem Ocularende vorne, während das andere Ende zur Adaptirung des Ohrentrichters, resp. anderer Bestandtheile dient. In der Mitte dieses Tubus befindet sich ein unter einem Winkel von 45° ge-

---

[1]) Vorträge über ven. Krankheiten. Berlin 1872. pag 204.
[2]) The Lancet 1868 Dec. 19. pag. 813.
[3]) A new otoscope or speculum auris. The Lancet 1865 Dec. 2. p. 617.

neigter, central perforirter, metallener Concavspiegel. Ein trichter-
förmiger, glatt polirter, silberner Reflector ist unter einem rechten
Winkel in den Tubus derart eingelassen, dass er dem Centrum des
schrägen Spiegels gegenüber zu stehen kommt. Die von diesem
Trichter aufgefangenen Lichtstrahlen (Sonnen- oder künstliches
Licht) fallen auf den schrägen Spiegel, von welchem sie unter einem
rechten Winkel reflectirt werden, so dass sie am anderen Ende des
Tubus hinausgelangen. Brunton rühmt das Instrument wegen ein-
facher Construction, Leichtigkeit der Anwendung, wegen Anwend-
barkeit von Vergrösserungsvorrichtungen, wegen Verwendung für
Sonnen- oder künstliches Licht und endlich wegen der Präcision der
Untersuchung.

Wir haben also hier wieder das Reflectorrohr des Désormeaux'schen Apparates, wie bei dem Instrumente von Langlebert
und dem später zu erwähnenden von S. Stein.

Brunton's Ohrenspiegel[1]) ist meines Wissens zu endoskopischen
Zwecken von keiner Seite benutzt worden. Für kurze Distanzen,
also für die Länge des Ohrtrichters, ist wohl eine ausreichende
Beleuchtung und Vergrösserung erzielt; doch reicht diese keines-
falls aus, wenn eine endoskopische Röhre von 10—13 Ctm. Länge
angewendet werden sollte. Der Spiegel, wie man ihn in den engli-
schen Instrumenten-Katalogen [2]) (ohne den Handgriff) verzeichnet
findet, würde erst nach mancherlei Modificationen für die Endoskopie
der Urethra oder Blase verwendbar sein.

Ebenso hält R. A. Warwick das Endoskop von Langlebert
nach der äusseren Form und nach der optischen Anordnung als Facsimile seines im J. 1867 veröffentlichten Endoskops[3]). Dieses besteht
(Fig. 10) aus einem Messingrohre einfacher endoskopischer Construction circa $4^1/_2$ Zoll (engl.) lang und 1 Zoll Durchmesser, besitzt ein
Ocularstück nach Ramsden (2 planconvexe Linsen $= 2^1/_2$fache Ver-
grösserungsstärke) am vorderen Ende, während das andere innen

---

[1]) Aehnliche Ohrenspiegel mit geringen Modificationen existiren von
Hassenstein, Bonnafont, Hinton und Weber.

[2]) Die Firma Waldeck, Wagner und Benda in Wien stellte
mir bereitwillig dieses Speculum auris zur Verfügung.

[3]) Brit. med. Journ. Aug. 17. 1865. pag 124 = Canstatt Jahresber.
1867 II. Band p. 185. Beschrieben von Philipp S. Wales in Philadelphia med. and surg. Rep. Mai 9th. 1868.

geschwärzte conische Ende für die Aufnahme verschiedener endoskopischer Sonden passt. In der Mitte des Tubus ist eine Oeffnung circa 1″ im Durchmesser, in welche ein Metallconus $2\frac{1}{2}$″ lang

Fig. 10.

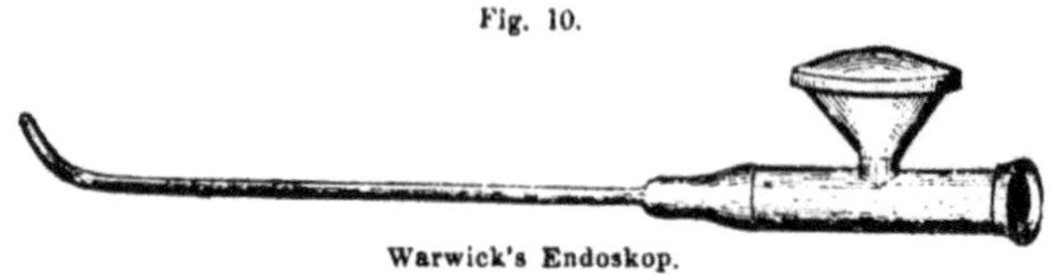

Warwick's Endoskop.

und 3″ Durchmesser an der Basis, innen versilbert und gut polirt, passt. Eine biconvexe Linse von kurzer Brennweite an deren Basis condensirt das Licht für das Instrument, welches für künstliches oder Tageslicht verwendet werden kann. Warwick lobt sein Instrument wegen Einfachheit (more simple and inexpansive) und leichter Handhabung (admits of ready manipulations) und meint, dass es beim Tageslicht den Gegenstand besser erkennen lasse, als Cruise's Endoskop mit seiner künstlichen Lampe und 8—10 mal deutlicher, als bei ähnlichem künstlichen Lichte. C. C. Lee[1]) scheint diesem Apparate hold zu sein.

Wie schon J. K. Proksch[2]) hervorhob, war Warwick der Erste, welcher Sonnenlicht statt des complicirten Beleuchtungsapparates verwendete.

Auch Mallez[3]) legte der Académie de médecine in Paris am 6. Oct. 1868 ein neues Urethroskop vor. Leuchtquelle, Reflector und der unter einem Winkel von 45° geneigte Spiegel sind wie in den anderen Apparaten analog angebracht. Zur Vermeidung von Lichtzerstreuung ist die Flamme von zwei zarten Eisenblechplatten umgeben, zwischen denen eine Luftschichte circulirt, um so die Erwärmung des Apparates herabzusetzen. Ein weiter, versilberter Conus leitet die Lichtstrahlen zum geneigten Spiegel. Dieser Apparat soll zu Sonnenlicht auch verwendbar sein.

Tarnowsky[4]) zieht das Instrument von Désormeaux sowohl dem nach Langlebert's Anweisung construirten als auch dem

---

[1]) Sitzungsber. der Stated Reunion 31. Jan. 1868. The med. Record vol. 3. pag. 105.

[2]) l. c. pag. 4.

[3]) Gazette hebdomad. 1868. pag. 649.

[4]) l. c.

für das Sonnenlicht zugerichteten Endoskope von Warwick vor. Doch lässt er zuweilen 1. die sehr wichtige Modification eintreten, dass er zur Vermeidung schmerzhafter Erschütterungen die endoskopische Röhre mit dem Beleuchtungsapparate nicht in Verbindung bringt, sondern diesen so hält, dass die austretenden Lichtstrahlen mit der Achse der Röhre zusammenfallen, 2. kann nach Tarnowsky der Reflector [1]) gleichfalls vom Beleuchtungsapparat (Lampenrohr) getrennt werden, und dient sodann als Leuchtquelle eine grosse Cerosinlampe mit einem Reflector, welche man dem Kranken zur Seite stellt. In solchen Fällen wird an denjenigen Theil des Reflectors, wo eine Sammellinse angebracht ist, eine metallene innen polirte kegelförmige Erweiterung befestigt.

Aus dem Obigen geht also hervor, dass Tarnowsky wenigstens „zuweilen" blos das Reflectorrohr des Désormeaux'schen Apparates benützt, so dass er mit einem Instrumente hantirt, welches im Principe dem von Langlebert, Brunton und Warwick analog ist. Jedenfalls ist er in der Lage, ganz deutliche Bilder von dem hinreichend beleuchteten Sehfelde zu erlangen.

Bei der von Tarnowsky bewerkstelligten Trennung des Apparates finde ich jedoch zwei Momente, die die Untersuchung ziemlich erschweren. Vorerst dürfte es, obgleich im Interesse der Schonung der Urethra dringend, doch etwas schwierig sein, das Instrument stets so zu halten, dass die Achse desselben mit der Achse der endoskopischen Sonde zusammenfalle. Dies ist um so hinderlicher, als andererseits der Untersuchende eventuell gleichzeitig auch für das directe Auffallen des Lichtes zu sorgen, seine Aufmerksamkeit daher nach zwei verschiedenen Punkten zu lenken hat.

S. Stein [2]) (Frankfurt) hebt die Nachtheile des Endoskops von

[1]) Unter Reflector versteht hier T. (l. c. pag. 193. 3. Tafel I. 4. K.) den, den schrägen Planspiegel sammt Convexlinse enthaltenden Tubus (des Désormeaux'schen Apparates), dessen vorderes Ende als Ocularstück, dessen hinteres Ende zur Adaptirung an die endoskopischen Sonden dient. Der geschätzte Referent der Vierteljahrschr. für Derm. und Syph. 1875. I. Heft bezeichnet also (pag. 575) irrthümlich T. als denjenigen, von dem der einfache, central perforirte Concavspiegel (Stirnspiegel) als Beleuchtungsapparat, wie ich ihn adoptirte, schon angegeben worden sein soll.

[2]) Das Photo-Endoskop. Berl. klin. Wochenschr. 1874 Nr. 3.

Désormeaux und Fürstenheim[1]) hervor und empfiehlt sein
Photo-Endoskop (Fig. 11). Das Licht einer Gasflamme wird durch
einen reflectirenden Hohlspiegel in ein conisches Röhrenstück geleitet,

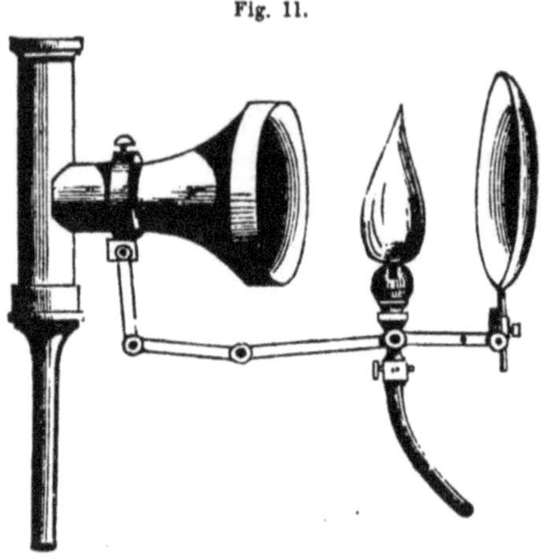

Fig. 11.

Stein's Photo-Endoskop.

welches vertical in eine andere Röhre eingepasst ist.
Diese ist analog dem zweiten Stücke des Désor-
meaux'schen Apparates
(dem Reflector) construirt,
enthält also den geneigten
perforirten Planspiegel, das
Ocularende und die Vorrichtung zur Befestigung der
endoskopischen Sonden. Diesem Beleuchtungsapparat
rühmt Stein leichte Handhabung, geringes Gewicht, com-
pendiösen Umfang und
leichte Transportabilität und andere Vorzüge nach.

Stein's Photo-Endoskop unterscheidet sich sowohl rücksichtlich
der Construction als auch in seiner optischen Anordnung nur sehr
wenig von dem früher erwähnten Beleuchtungs-Instrument, wiewohl
es für den praktischen Gebrauch eingermassen verwendbar erscheint.
An Umfang und Gewicht verhält es sich wohl ziemlich günstig im
Vergleich zu Désormeaux's Apparat, gleichwohl erscheint es noch
immer viel zu complicirt, um allgemeiner in Verwendung zu gelangen.

Um jedoch die Harnblase zu besichtigen, leistet auch dieser
Apparat nicht das Erforderliche, weshalb er mit Rücksicht auf
die Unbeständigkeit der meistens durch Wolken verdunkelten Sonne,
seinen Apparat mit einer durch ein Uhrwerk in Gang gebrachten
Magnesiumlampe verbindet. Das so adjustirte Instrument liefert
begreiflicher Weise eine sehr intensive Beleuchtung. Durch die Güte
des Herrn Oberstabsarztes Neudörfer war ich in der Lage, diesen
Apparat zu probiren. Ich fand leider nicht, dass derselbe

---

[1]) Berl. klin. Wochenschr. 1874 Nr. 4: Fürstenheim weist einige
dem von ihm modificirten Désormeaux'schen Endoskope zugeschriebene
höchst übertriebene Fehler in einer Erklärung zurück.

„sehr compendiös“ sei und will ich nur hervorheben, dass die Manipulation hier eine nicht wenig complicirte ist. Dass der Hauptnachtheil hier wieder in der fixen Verbindung des Beleuchtungsapparates mit der endoskopischen Sonde liegt, muss jedoch betont werden.

Ein ziemlich ähnlicher Beleuchtungsapparat für gewöhnliches Gaslicht eingerichtet, findet sich schon früher in Bumstead's Lehrbuch [1] abgebildet und als Modification des Désormeaux'schen Instrumentes declarirt.

In diese Gruppe gehört wohl auch der von Avéry in London construirte Beleuchtungsapparat, der schon oben erwähnt wurde. Sein bei Mackenzie [2] abgebildeter Apparat bestand aus einem grossen, kreisförmigen, im Centrum durchbohrten Reflector von 5″ Durchmesser, der mittelst Stirnpolster und zwei über den Kopf des Operateurs laufende Federn befestigt wurde. Der Reflector, durch einen rechtwinkelig gebogenen Draht mit einer kleinen Palmer'schen Lampe in Verbindung gesetzt, concentrirt die Lichtstrahlen in das Speculum, welches mittelst eines, von der Lampe ausgehenden, in einen Kreis endigenden Drahtes fixirt ist. Der Reflector ist so angebracht, dass er horizontal oder lateral bewegt werden kann.

Ebermann [3] hält, wenigstens für gewisse Fälle eine unbewegliche Verbindung entweder blos der reflectirenden Vorrichtung oder der Lichtquelle selbst mit der endoskopischen Sonde für nöthig. Die Lichtquelle seines electrischen Beleuchtungsapparates besteht aus einer [4] Kugel, die an der innern, der Oeffnung gegenüberliegenden Seite einen Hohlspiegel und im Centrum die Kohlenspitzen enthält. Der Reflector wird mit der endoskopischen Sonde durch je einen an einem seitlichen Stabe befestigten Ring unbeweglich verbunden. Um Erschütterungen zu vermeiden, kann die Verbindung des Apparates mit der Sonde schon vor Einführung derselben effectuirt werden.

Ein zweiter Apparat von Ebermann ist für das Drummondsche Licht eingerichtet. Ein ganz leichter Planspiegel, welcher mit

---

[1] l. c.

[2] l. c. pag. 22 d. 1. Aufl. u. pag. 24 der 3. Aufl.

[3] Ueber Endoskopie der Harnröhre im gesunden und kranken Zustande. St. Petersburger med. Zeitschr. 1865. Band 9 Heft 12 pag. 330.

[4] Wahrscheinlich offenen.

der endoskopischen Sonde vor der Einführung verbunden wird, ist central perforirt und unter einem Winkel von 45° gegen deren Achse geneigt. Hinter demselben befindet sich das beobachtende Auge. Das Drummond'sche Licht befindet sich neben dem zu Untersuchenden, und zwar in einiger Entfernung von dem Reflector, welcher in einem Rohre befestigt und mittelst eines Knöpfchens um seine Achse drehbar ist.

Hierher gehört auch der von dem Amerikaner Wales [1]) vorgeschlagene Beleuchtungsapparat (Fig. 12). Bemerkenswerth wegen seiner Einfachheit, bildet er den Uebergang zur folgenden Gruppe. Er besteht aus einem 3″ im Durchmesser haltenden, in der Mitte

Fig. 12.

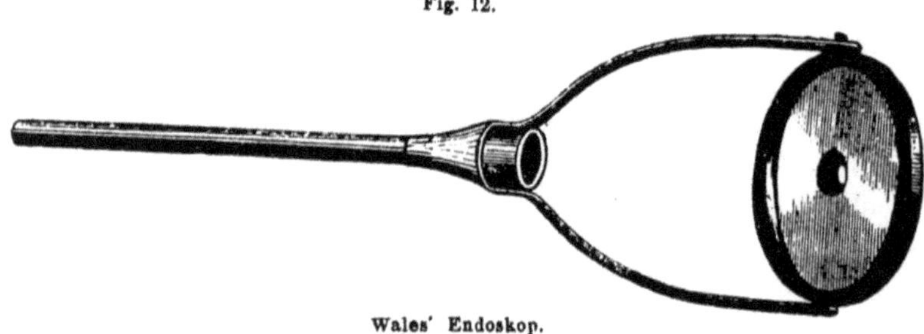

Wales' Endoskop.

durchbohrten Concavspiegel von 10″ Focallänge [2]). Dieser wird von einem metallenen Rahmen getragen, welcher aus einem breiten, der endoskopischen Röhre anpassenden Ringe und zwei seitlichen dünnen Armen besteht, die den um seine verticale und centrale Achse beweglichen Spiegel tragen. Der Kranke kann bei der Untersuchung stehen oder liegen. Die Lichtquelle kann natürlich oder künstlich sein. Wales zieht Tobold's Lampe nebst dem Sonnenlichte vor. Mit der linken Hand wird der Tubus gehalten, mit der rechten der Spiegel entsprechend dirigirt. Dieser Apparat belästigt den Kranken, wie Wales bemerkt, weder durch seine Schwerfälligkeit noch durch Erwärmung, wie der Désormeaux'sche.

------

[1]) Wales Phil. A new Endoscope. Philadelphia med. and surg. Rep. June 13. 1868.

[2]) Irrthümlich sind in Canstatt's Jahresber. 1868. II. p. 180 2″ als Focallänge angegeben.

III. Leuchtquelle, Reflector und endoskopische Sonden ohne Verbindung unter einander.

August Hacken [1] (Riga) war, wie es scheint, der Erste, der die einfachste Beleuchtungsvorrichtung behufs Untersuchung der Harnröhre und Harnblase 1862, in Anwendung zog. Als Lichtquelle benützte er nämlich eine seitwärts von dem zu untersuchenden Individuum aufgestellte selbstständige Lampe, deren Licht er mit Hilfe eines concaven Beleuchtungsspiegels von 6 Zoll Brennweite (wie bei laryngoskopischen Untersuchungen) in ein in die Urethra eingeführtes Instrument reflectirte.

Während er jedoch bezüglich des Beleuchtungsmodus auf der besten Fährte sich befand, versprach er sich Erfolge von einem sehr complicirten endoskopischen Katheter, und dieser verschuldete daher wahrscheinlich die Nichtbeachtung seiner Vorschläge.

Zwei Jahre später (1864) wurde ein weiterer Schritt zur Vereinfachung der endoskopischen Untersuchungsmethode gemacht, und zwar von Couriard [2] in St. Petersburg. Dieser nahm sich gleichfalls den Beleuchtungsmodus des Laryngoskops zum Muster. Er placirt eine möglichst hell leuchtende Lampe zur Seite des zu Untersuchenden, sammelt das Licht durch eine Convexlinse, fängt dasselbe in einen Reflector auf und projicirt es sofort in die Explorationssonde. Auf eine gewöhnliche Cerosinlampe wird nämlich eine Kappe oder Laterne gesetzt, deren eine Seite eine Convexlinse von 3″ Brennweite trug, deren andere ihr gegenüberliegende ein metallener Hohlspiegel bildete. (Oder es wird vor die Flamme der Lampe einfach eine grosse, in einen grossen schwarzen Blechrahmen gefasste Convexlinse gestellt.

Schon Ebermann [3] bezeichnete den angeführten Vorschlag zur Vereinfachung des endoskopischen Beleuchtungsmodus als einen glücklichen.

Eine ganz unbeachtete, für unseren Gegenstand jedoch höchst

---

[1] Dilatatorium urethrae zur Urethroskopie. Wien. med. Wochenschr. 1862. Nr. 12.

[2] Sitzung des Allg. Vereines St. Petersburger Aerzte. 15. Sept. 1864. Petersb. med. Zeitschr. 1865. Band VIII Heft 1.

[3] Vgl. Ebermann über Endoskopie etc. St. Petersburger med. Zeitschr. 1865. Seite 328.

werthvolle Stelle findet sich in Reder's[1] Compendium vor. Dieser
Autor bediente sich einfacher, gerader, an ihrem Vorderende trich-
terförmig erweiterter und innen geschwärzter Röhren, um Einsicht
in die tieferen Partien der Urethra zu gewinnen und führt des
Weiteren an: „Bei einiger Uebung gelingt es leicht, mit einem
gewöhnlichen Beleuchtungsspiegel das Innere der Röhre so zu
beleuchten, dass die am hinteren Ende der Röhre vorliegende
Schleimhautpartie vollkommen deutlich wahrgenommen werden kann“.
Diese Röhre demonstrirte Reder anlässlich eines von mir in der
Gesellschaft der Aerzte gehaltenen Vortrages. Der Autor scheint
jedoch den Gegenstand nicht weiter verfolgt zu haben.

In demselben Jahre führte Rob. F. Weir[2] (New-York) gelegentlich einer Discussion über Endoskopie an, dass er die Verbindung des Beleuchtungsapparates mit der Sonde als störend
sowohl bei Désormeaux, als auch bei Cruise bezeichnen müsse,
und eine gewöhnliche Tischlampe, einen Tobold'schen Condensor
benütze, wobei das Licht mittelst des Tröltsch'schen Ohren-
spiegels in den Tubus reflectirt wird. C. C. Lee bezeichnet diesen
Vorgang als eine bedeutsame Verbesserung gegenüber allen ihm
bekannten Apparaten.

F. Bumstead[3] spricht gleichfalls die Ueberzeugung aus, dass
eine Beleuchtung, herbeigeschafft durch Tobold's Apparat und einen
Stirnspiegel, wie sie für laryngoskopische und andere Zwecke in
Verwendung stehen, in vielen Fällen zweckmässiger (more available
and equally serviceable) wäre.

C. Fenger[4] bediente sich 1871 sowohl bei den auf endoskopischem Wege vorgenommenen Untersuchungen der Schusswunden, als
auch bei der Endoskopie der Urethra[5] einer gewöhnlichen Petroleumlampe und des an der Stirne befestigten, im Centrum durchbohrten

---

[1] Path. und Ther. der vener. Krankh. 2. Aufl. Wien 1868. pag. 49.

[2] The med. Record. New-York. Vol. 3 pag. 105 (Referat d. Sitzung
der Stated Reunion vom 31. Jan. 1868).

[3] l. c. pag. 101.

[4] Ueber Endoskopie der Schusswunden. Wiener med. Wochenschr.
1871 Nr. 25.

[5] Ueber die locale Behandlung der chron. Gonorrhöe mit Hilfe des
Endoskops. Nordd. med. Ark. V. 4. Nr. 27. 1873. Schmid's Jahrbücher
1874, Nr. 10.

Hohlspiegels. Zur Concentration des Lichtes wurde eine Glaskugel vor, und ein Hohlspiegel hinter der Lichtquelle angebracht.

Rob. Newman (l. c.) versuchte wohl auch den an der Stirn befestigten Reflector zur Beleuchtung des Innern von Glastuben, die in die weibliche Urethra eingeführt werden; er bezeichnet diese Methode wohl als gutes Aushilfsmittel für das Désormeaux'sche Endoskop, ohne dass dieses hiedurch ersetzt würde. Vielleicht waren blos die Glastuben schuld, dass diese Vorrichtung sich als mangelhaft erwies.

S. Stein scheint ursprünglich die einfachere Form des Endoskops benützt zu haben. In der 46. Versammlung deutscher Naturforscher und Aerzte hielt er nämlich am 20. September 1873 einen Vortrag über Urethroskopie und Beleuchtung der Harnblase mittelst Magnesiumlichtes [1]). Die früheren Instrumente litten nach ihm an zu geringer Lichtintensität und erheblicher Schwere. Die Vermehrung der Ersteren suchte er durch das Licht eines brennenden, durch ein kleines Uhrwerk in Bewegung gesetzen Magnesiumdrahtes abzuhelfen, welches in dem Focus eines Hohlspiegels reflectirt wird [2]).

Ich selbst [3]) bediene mich bei den endoskopischen Untersuchungen des bei den Laryngoskopikern in Verwendung stehenden einfachen Beleuchtungsapparates, nämlich des Concavspiegels mit Stirnbinde als Reflector, und benütze als Lichtquelle das Gas- oder Sonnenlicht. Mit dieser Untersuchungsmethode gelingt es, die einzelnen Organe mit minutiösester Genauigkeit zu sehen und die feinsten Farbennuancen zu unterscheiden.

B. Fraenkel [4]) verzichtet gleichfalls auf die geschlossene Lichtquelle und proponirt die endoskopischen Untersuchungen durch Benützung des mit einem Hohlspiegel erzielten verkleinerten Flammen-

---

[1]) Allgem. med. Centralzt. 1874, Seite 140.

[2]) Stein lobt die Magnesiumbeleuchtung auch deshalb, weil sie die photograhpische Aufnahme von Theilen der Harnröhre erlaubt, da das Magnesiumlicht nur eine 36fach geringere Wirkung des Sonnenlichtes hat, d. h. nur eine Expositionszeit von $^1/_2$ Minute erheischt.

[3]) Grünfeld, Sitzungsber. der k. k. Gesellsch. d. Aerzte in Wien vom 13. Februar 1874 „Anzeiger" Nr. 19.

[4]) Zur endoskop. Beleuchtung. Vortrag, gehalten in der Berliner med. Ges. 25. Februar 1874. -- Allg. med. Centralzeitg. 1874, S. 531.

bildes zu pflegen, da man mit Hilfe dieser Beleuchtung hier alles das sehen kann, was überhaupt zu sehen sei.

Hieher gehört auch das Speculum uréthro-cystique von Ségalas[1]) (vide oben pag. 239). Es besteht (Fig. 13) aus 2 silbernen Tuben, 2 metallenen Spiegeln, 2 kleinen Kerzen und einer elastischen Sonde. Der in die Urethra einzuführende Tubus, innen polirt, erweitert sich vorne in einen conischen Spiegel $3\frac{1}{2}''$ hoch und nahezu eben so weit. Vor diesem Spiegel werden mit der linken

Fig. 13.

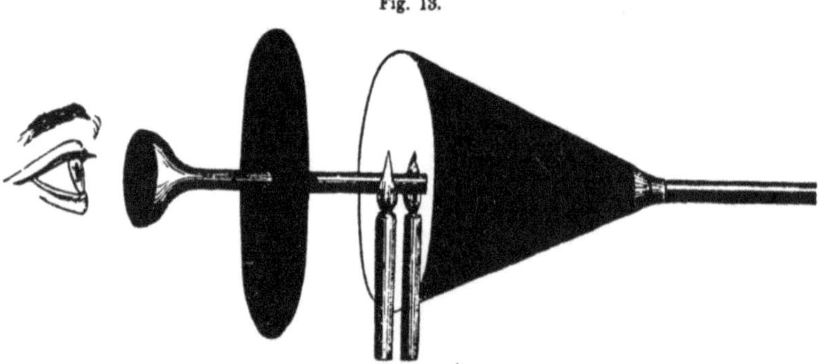

Ségalas' Speculum uréthro-cystique.

Hand 2 Kerzenflammen gehalten, zwischen denen ein zweiter, innen geschwärzter und gegen das Ocularende hin trichterförmig erweiterter Tubus in derselben Achse mit dem früheren, und zwar mit der rechten Hand zu halten ist. Ein concaver sphärischer Spiegel, durch dessen Centrum der letztgenannte Tubus und mit demselben innig verbunden läuft, reflectirt also das Licht in den conischen Spiegel, und so in den Urethraltubus hinein, in welchen das Auge sehen kann.

Diese gewiss sehr einfache Vorrichtung hätte durch den genialen Autor gewiss die nothwendige Modification erlangt, um ein vollkommen brauchbares Endoskop zu werden, wäre er nicht vielfach anderweitig in Anspruch genommen, eine Ansicht, die auch Désormeaux theilt (si d'autres travaux ne l'en eussent dé- tourné). Ich hebe dies deshalb hervor, weil M. Mourlon [2]),

[1]) Traité des rétentions d'urine etc. par P. S. Ségalas. Paris 1828, pag. 88 und Handwörterbuch der Ges. Chirurg. und Augenheilkunde von Walther, Jaeger und Radius. Leipzig 1839, pag. 614.

[2]) Rec. de mém. de méd. et chirurg. mil. Paris 1864, pag. 413.

der **Ségalas** die erste Idee der Urethroskopie zuschreibt, dessen Vorgang als mangelhaft (défectueux) bezeichnet; jedoch, wie mir scheint, mit Unrecht. Freilich heben auch andere Autoren seinerzeit die Schwierigkeiten und Hindernisse der Anwendung dieses Apparates mehrfach hervor.

Einige Autoren untersuchten die Harnröhre, besonders die des Weibes, mit **directem Lichte**, und zwar mittelst eines dem Ohrenspiegel resp. dem Ohrentrichter analogen Instrumentes. Sie wollen also die Harnröhre ohne Reflexion von Licht in das Innere des betreffenden Apparates besichtigen. So führte **Espezel**[1]) einen Ohrenspiegel in die Harnröhre des Weibes ein, verschaffte sich durch Auseinanderhalten der Branchen desselben (es war eben ein **Kramer**'scher Ohrenspiegel) eine hinreichende Dilatation, so dass er die Theile der Urethra deutlich sehen konnte.

Vielleicht hatte **Emmert**[2]) Aehnliches im Sinne, indem er sich äussert: „Organische Veränderungen im vorderen Theile der Urethra lassen sich, wenn es nothwendig scheint, mittelst eines dem Ohrenspiegel ähnlichen Harnröhrenspiegels sichtbar machen.“

Gleichfalls ohne künstliche Beleuchtung untersucht A. **Després**[3]) die Harnröhre beim Weibe, indem er einen Tubus von 6 Mm. Durchmesser und 9 Ctm. Länge, mittelst eines Mandrins einführte, nach dessen Entfernung man beim Zurückziehen des Urethroskops die ganze Urethra sehr gut sehen kann, wobei die zu Untersuchende wie bei dem Vaginalspeculum vor dem Fenster gelagert wird.

Die im Vorhergehenden geschilderten Apparate geben ein Bild jener vielfachen Bemühungen, wie man das Endoskop und seine adnexen Theile zu verbessern, d. h. zu vereinfachen und für die einzelnen chirurgischen Eingriffe am practicabelsten zu gestalten vermöge. Ein complicirter Mechanismus, so genial er auch immer nach Idee und Ausführung ist, kann dem einfachen gegenüber, wenn dieser einen analogen Effect zu erzielen in der Lage ist, für die Dauer nicht Stand halten, zumal mit der Complicirtheit auch man-

---

[1]) Bull. gén. de thér. méd. et chirurg. T. XXV. 1843.
[2]) Lehrbuch der Chirurgie III. Band pag. 911.
[3]) Dictionnaire de méd. et de thér. méd. chir. par E. **Bouchut** et A. **Després**. Paris 1873.

nigfache andere und wesentliche Mängel Hand in Hand zu gehen pflegen. So verhält es sich wohl auch mit den einzeln complicirten, zu endoskopischen Zwecken construirten Vorrichtungen.

Meine eigenen Bestrebungen zur Vereinfachung, respective Verallgemeinerung der Endoskopie und der endoskopischen Untersuchungs-Methode waren eine Folge der Wahrnehmung, dass die diagnostischen und therapeutischen Massnahmen bei den an Kliniken und Abtheilungen für Syphiliskranke befindlichen, mit Tripperformen behafteten Individuen nicht nur ungenügend, sondern auch der hohen Aufgabe der genannten Anstalten nicht ganz würdig sind.

Im Jahre 1872 begann ich daher während meiner Dienstzeit als Assistent an der Klinik des Hofrathes Prof. v. Sigmund meine endoskopischen Studien. Der Liebenswürdigkeit meines damaligen Vorstandes verdanke ich die Gelegenheit zur Ausübung dieser Untersuchungsmethode an einem reichlichen mir verfügbaren Materiale. Die eifrig betriebenen Experimente nahmen anlässlich der Nothwendigkeit der Construction neuer und eigener vereinfachter Instrumente eine geraume Zeit in Anspruch, so dass erst im Jahre 1874 meine erste diesbezügliche Publication [1]) erscheinen konnte.

Die Autoren, die vor mir zu einer Publication rücksichtlich des vereinfachten Beleuchtungsapparates sich veranlasst sahen, verfolgten den Gegenstand nicht weiter, so dass kaum ein nennenswerthes Resultat als Ergebniss einer ausgeführten Untersuchung auf endoskopischem Gebiete zu verzeichnen ist. Daher mag es wohl auch kommen, dass von vielen Seiten irriger Weise mir die erste Idee zur Wahl des einfachen Beleuchtungsmodus zugeschrieben wird.

Die Adoptirung des in der Laryngoskopie in Anwendung stehenden Reflectors als Beleuchtungsapparat setzte mich in die Lage, meine Aufmerksamkeit auf andere Punkte zu richten, und zwar in erster Linie auf die in die Urethra einzuführenden Sonden.

Aus der oben angeführten, in chronologischer Reihenfolge geordneten Zusammenstellung geht also hervor, dass ich keineswegs der Erste war, der den einfachen Beleuchtungsmodus zu endoskopischen Zwecken empfohlen, resp. in Anwendung zog; denn

---

[1]) Zur endoskopischen Untersuchung der Harnröhre und Harnblase. Wiener med. Presse, 1874 Nr. 11 und 12. Ferner Sitzungsbericht der Gesellschaft der Aerzte in Wien, vom 13. Februar 1874 Anzeiger Nr. 19.

schon 12 Jahre früher wurde ein solches Verfahren publicirt. Allein die Mehrzahl der hier Betheiligten äusserte sich blos gelegentlich von Discussionen oder in Form von Bemerkungen, dass der in Rede stehende Modus an Stelle der complicirten Apparate sich eignen dürfte.

Meine Studien wurden namentlich dadurch wesentlich gefördert, dass ich mich, zumal im Beginne, des Sonnenlichtes bediente und mir auf diese Weise eine Beleuchtung verschaffte, die die bisher erreichte Helligkeit des endoskopischen Sehfeldes weit übertraf.

Diese Frage war in relativ kurzer Zeit und wie es scheint, in ganz zufriedenstellender Weise erledigt, denn die von mir in Anwendung gezogenen Apparate wurden auch von jenen Autoren adoptirt, die, angeregt durch meine Arbeiten, ganz werthvolle endoskopische Beiträge lieferten. Die Zweckmässigkeit der betreffenden Vorrichtungen setzten mich in die Lage, diverse Fragen auf endoskopischem Gebiete in Erörterung zu ziehen. Durch das Zusammenwirken mit jenen verdienstvollen Männern, die in Wort und Schrift diesen schweren Gegenstand fördern, verspricht die Endoskopie bald ihre untergeordnete, bisher innegehabte Stellung aufzugeben und einen würdigen Platz unter den anderen medicinisch-chirurgischen Disciplinen sich zu erobern.

Der einfache Concavspiegel (mit Stirnbinde oder Handgriff) als Reflector, wurde also zu endoskopischen Zwecken, wie aus obiger Darstellung hervorgeht, schon mehrererseits in Vorschlag gebracht (Hacken, Reder, Couriard, Fenger, Fränkel), ohne dass für dessen praktische Anwendung mehr als eine vorübergehende Empfehlung geschah. Ich selbst habe diese Methode adoptirt, ohne von den Leistungen der genannten Autoren Kenntniss gehabt zu haben.

Auch die Verstärkung des durch eine Petroleumlampe erzeugten Lichtes wurde durch Convexlinsen, durch Concavspiegel oder durch mit Wasser gefüllte Glaskugeln erstrebt. Von den die einfachen Reflectoren benützenden Autoren, zog Niemand das Sonnenlicht mittelst Planspiegels in Anwendung.

Es ist klar, dass die Methode, mit Hilfe eines einfachen Reflectors das Endoskopinnere zu beleuchten, bei einer guten Leuchtquelle (Gas-, Magnesium-, Sonnenlicht) die bequemste und einfachste ist; weshalb ich mich derselben stets bediene. Die Vortheile dieses Beleuchtungsmodus liegen nämlich auf der Hand. Die Beleuchtungs-Intensität kann je nach Bedarf, und zwar je nach der Leucht-quelle gesteigert oder vermindert werden. Es entfallen selbstver-ständlich alle mit dem complicirten Instrumente verbundenen Uebelstände, speciell die aus der unbeweglichen Verbindung des Beleuchtungsapparates mit der endoskopischen Sonde resultirenden, nicht unerheblichen oben detaillirten Nachtheile.

Da das Vorschieben des geraden Endoskops (gegen die Blase hin) nur mit Hilfe eines Conductors statthaft ist, so ist man hier in jedem Momente in der Lage, das Endoskop nach Einführung desselben in die Urethra etc. bis zu einer gewünschten Partie vorzuschieben, während bei allen Apparaten, die die Verbindung des Beleuchtungsapparates mit der endoskopischen Sonde zur Vor-aussetzung haben, für einen solchen Fall die Loslösung und neuer-liche Adaptirung zu erfolgen hat.

Die endoskopische Sonde, wie jeder ähnlich geformte Katheter (oder Steinsonde) eingeführt, gestattet auch jedwede von der Horizontalen abweichende Stellung derselben und entfällt auch die durch Adaptirung oder Drehung des Apparates bedingte Zerrung der Urethralschleimhaut sowie die Schwieregkeit bei Lagerung des zu Untersuchenden. Die Einübung von Seiten des zu Untersuchenden erscheint als überflüssig, während die Uebung in dem Beleuchtungs-modus mit dem übrigens zum Gemeingute der Aerzte gewordenen Concav- (eventuell Plan-) Reflector auf ein Minimum reducirt ist. Die Transportabilität des Apparates und der geringe Preis desselben sind zum mindesten erwähnenswerth. Auch wird man hiermit ohne jegliche Assistenz untersuchen, und in gewissen Fällen auch ope-riren können. Dass der seitliche Schlitz an der endoskopischen Sonde hier überflüssig ist, versteht sich ebenso, wie der Mangel desselben nur als Vortheil aufzufassen sein wird.

Schliesslich muss noch bemerkt werden, dass die Exploration mit dem so einfach hergestellten Apparate keine längere Zeit in Anspruch nimmt, als die Untersuchung mit einer gewöhnlichen Sonde, einem Katheter etc., so dass Teewan [1]), welcher die

---

[1]) On the Diagnosis and Treatement of Stricture of the Urethra in its Eearly Stange. Britisch and foreign med. chir. Review July 1867.

Behauptung aufstellt, dass eine endoskopische Untersuchung nicht früher als in einer Viertelstunde ausgeführt werden kann (an endoskopic examination cannot be conducted under one quarter of an hour), während die Exploration mit der Knopfsonde nur eine Minute beansprucht, diesen Vorwurf offenbar dem complicirten Beleuchtungsapparate in Verbindung mit den präparatorischen Erfordernissen zu machen gewillt ist.

Wenn Ebermann[1]) der vereinfachten von Couriard vorgeschlagenen Beleuchtungsmethote den Vorwurf macht, dass in einem Momente, wo die Untersuchung im besten Gange ist, plötzlich in Folge von Bewegungen des Endoskops der Lichtkegel gegen die Axe des Tubus verschoben, und so das deutliche Sehen verhindert werden kann, so dürfte, da der Untersuchende bei einer solchen Eventualität kaum in Verlegenheit gerathen und der Fehler sofort corrigirt wird, dieser Umstand kaum als Nachtheil angesehen werden.

Die Handhabung dieses einfachen Beleuchtungsapparates, so bequem und leicht sie auch ist, fand doch mancherlei Gegnerschaft. So wurde bei Gelegenheit einer im Interesse der Verallgemeinerung der Endoskopie von Fränkel[2]) angeregten Discussion die von diesem, sowie von Couriard und Ebermann mit jener Methode erzielten „Erfolge" blos als Beweis aufgefasst, dass „verschiedene Köpfe und Hände zur Erreichung desselben oder besser eines ähnlichen Zieles verschiedener Mittel bedürfen" (Fürstenheim).

Alle hier angeführten Apparate sind für die Untersuchung mit einem Auge eingerichtet. Die Mängel der monoculären Untersuchung suchte nun Campana[3]) durch Construction eines binoculären Endoskops abzuhelfen. Dieses besteht aus einem beliebigen Endoskop nach Désormeaux, Langlebert, Warwick oder Wales, (welch letzterem der Vorzug gegeben zu sein scheint) und einem dem binoculären Ophthalmoskop von Giraud-Teulon[4])

[1]) l. c. pag. 330.

[2]) Allg. med. Centralztg. 1874.

[3]) Endoscopia binoculare dell Dott. R. Campana. Giorn. ital. delle mal. ven. e della pelle IX. Ottobre, pag. 290.

[4]) vide Mauthner, Lehrb. d. Ophthalmoskopie p. 112.

entnommenen Prismasystem, welches hinter dem Reflector anzubringen ist.

In einer Mittheilung von Gordon [1] ist die Andeutung zu finden, dass Cruise bei Gelegenheit der endoskopischen Untersuchung einer Thoraxfistel eine binoculäre Vorrichtung gebrauchte, die sein Instrument vollkommener macht.

Die bisher angeführten Beleuchtungsmethoden basirten fast ausnahmslos auf Reflexion des Lichtes. Ein ganz anderes Princip wurde von einigen Autoren in Anwendung gezogen, und zwar, das der Durchleuchtung. Diese Methode wurde schon 1860 der Pariser Academie von Fonssagrives[2] vorgelegt, der die Höhlen des Körpers mit Geissler'schen Röhren beleuchtete (bei Blasenscheidenfisteln etc.). Czermak[3] und Gerhardt suchten die Durchleuchtung des Kehlkopfs mit Sonnen- und Gaslicht zur Diagnose zu verwerthen.

Hier wäre vielleicht auch am Platze des Versuches zu gedenken, den Aubinais[4] 1864 ausführte, um in dem schwangeren Uterus die Bewegungen des Fötus zu sehen. Bringt man nämlich den Fötus in eine mit Wasser gefüllte Blase, so kann man die ihm mitgetheilte Bewegung sehen, wenn man ein Licht auf die dem beobachtenden Auge gegenüber befindliche Seite der Blase stellt; noch deutlicher kann man jenes, wenn man die ganze Blase mit schwarzem Papier überzieht, in dieses zwei sich gerade gegenüberstehende Löcher schneidet, an deren einem das Auge beobachtet, während hinter dem anderen das Licht angebracht ist. In gleicher Weise nun wurde der Leib der Schwangeren mit Papier überzogen etc.

Bruck[5] beleuchtete mit galvanischem Glühlicht (hellem Weissglühlicht) besonders die hintere Blasenwand. Ein in das Rectum beim Manne und in die Vagina beim Weibe eingeführtes Instrument (der Form nach einem geschlossenen Speculum vaginae gleich)

---

[1] The Dublin quarterly Journal of med. science vol. XLI 1866 p. 83.

[2] Eclairage artificiel des cavités du corps à l'aide de tubes lumineux, Revue de thér. méd.-chir. 1860.

[3] Der Kehlkopfspiegel und seine Verwendung f. Physiologie u. Med. Leipzig 1860.

[4] Utéroscopie. Union 152, 1864. — Canstatt Jahresb. 1864 p. 381.

[5] Dr. Jul. Bruck jun. Das Urethroskop und Stomatoskop durch galvanisches Licht. Breslau 1867.

steht mit einer vierelementigen Middeldorpf'schen Batterie in Verbindung, welche die anliegende Blasenpartie gut durchleuchtet. Durch den in die Harnblase eingeführten gefensterten Katheter mit Mercier'scher Krümmung, kann man nach B. mit Leichtigkeit die Schleimhaut der hinteren Blasenwand sehen.

In demselben Jahre veröffentlichte Milliot[1]) seine Methode der Splanchnoskopie, d. i. die Methode der Durchleuchtung eines Theiles der Unterleibshöhle durch helles Glühlicht, mit dem Middeldorpf'schen Apparate.

Dasselbe Princip wandte Lazarewitsch[2]) behufs Untersuchung des weiblichen Beckens an und nannte die Methode Dia·phanoskopie. Das betreffende Instrument. Diaphanoskop, wurde von J. Schramm[3]) modificirt, und hauptsächlich zu gynäkologischen Zwecken verwendet. Aber auch zur Untersuchung der weiblichen Harnblase fände nach diesem Autor die Diaphanoskopie eine zweckmässige Anwendung.

G. Jurié[4]) schlägt die Durchleuchtung der Harnröhre von aussen behufs Auffindung fremder Körper in derselben vor; man sieht dann durch die eingeführte (eigens zu diesem Zwecke con-struirte) Röhre den fremden Körper dunkel und deutlich begrenzt sich von der rothschimmernden Harnröhre abheben.

Diese Methode Jurie's, welche gewissermassen einen Ersatz der Endoskopie bieten sollte, ist keineswegs neu. Cazenave (a. a. O.) veröffentlichte im Jahre 1845 ein Speculum urethrae, bestehend aus einem silbernen Metalltubus von $2^1/_2$ Decimeter Länge und 6 Millimeter Durchmesser, dessen vorderes Ende trichterförmig er-weitert war und das mittelst eines Mandrins in die Urethra einge-führt wurde. Das Licht einer mit einem Reflector versehenen Lampe, mit Hilfe eines convergirenden Glases verstärkt, wurde gegen die untere Fläche des Penis, entsprechend der Gegend unterhalb der

---

[1]) Schmid's Jahrbücher Bd. 136 pag. 143.

[2]) Separatabdr. der Beilage zu den Sitzungsprot. des Universisäts-Senates in Charkow 1868.

[3]) Ueber die diaphanoskopische Untersuchung der weibl. Becken-organe. Jahresber. der Ges. f. Nat. und Heilkunde in Dresden. October 1875 — Juni 1876. — Deutsche Zeitschr. f. prakt. Med. 1876, Nr. 32.

[4]) Ueber die neueren Untersuchungsmethoden der Harnröhre und des Mastdarmes. Anzeiger der Ges. d. Aerzte 1875. 20. Mai Nr. 28.

untern Tubusmündung dirigirt, und gestattete die Innenwand der Urethra trotz der Dicke der Gewebe deutlich zu sehen.

Um die Priorität dieser Entdeckung war übrigens schon längst ein kleiner Streit entstanden und zwar zwischen Cazenave und Ratier. Letzterer legte nämlich [1]) der Pariser Academie de Médecine seine Methode vor, mit Hilfe der Transparenz unserer Gewebe die Alterationen der Urethra und Blase etc. zu sehen. Er bedient sich einer gewöhnlichen geraden Canule von der Stärke einer Sonde mit einem weiten Pavillon, deren Ende trompetenförmig (bec en flûte) erweitert ist und lässt Sonnen- oder Lichtstrahlen auf die Haut fallen. Man erkennt nach Ratier mit der grössten Leichtigkeit die mehr weniger rothe Färbung bedingt durch partielle oder total entzündliche Zustände. Die Harnblase beim Weibe wird durch Einleitung von Licht mittelst eines Speculum vaginae, beim Manne mittelst Speculum ani entsprechend beleuchtet. R. fügt die Bemerkung hinzu, dass das Ende der Canule mit Glas geschlossen sein muss, will man eine Flüssigkeit enthaltende Höhle untersuchen.

Während diese Arbeit unter der Presse sich befand, wurde in Wien ein Beleuchtungsapparat demonstrirt, der nicht nur von ganz neuen Principien ausgeht, sondern auch eine wesentliche Verbesserung der Beleuchtung erzielt. Der Apparat, der von Dr. Max Nitze[2]) aus Dresden erfunden und vom hiesigen Instrumentenmacher Leiter angefertigt wurde, unterscheidet sich in 2 Punkten von den bisherigen zur Beleuchtung dienenden Vorrichtungen. Vor Allem wird die Lichtquelle direct in das zu beleuchtende Organ: Harnröhre, Blase, Mastdarm, Oesophagus und Magen etc. eingeführt. Anderseits wird durch eine Linsencombination eine Erweiterung des Gesichtsfeldes erzielt.

Die Lichtquelle liefert ein durch eine galvanische Batterie weissglühend gemachter Platindraht, der an das untere Ende des Urethroskops oder Cystoskops etc. eingeführt wird. Eine continuirliche Circulation kalten Wassers verhindert die Erhitzung des Instrumentes. Mit Recht verspricht man sich von diesem, allerdings

[1]) Nouveau moyen d'exploration des tissus soucutanés. Sitzung der Academie de méd. vom 29. August 1843. Gazette méd. de Paris. 1843 2. September pag. 565.

[2]) Sitzungsb. d. Ges. d. Aerzte in Wien 9. Mai 1879. Anzeig. Nr. 26.

etwas complicirten Apparate wesentliche Erfolge, namentlich für die Untersuchung der Blase und des Magens.

Ein ähnlicher, minder complicirter Apparat, Polyskop genannt, wurde jüngst von Trouvé in Paris angefertigt.

Resumiren wir die seit Désormeaux auf dem Gebiete der Endoskopie, insbesondere der endoskopischen Beleuchtungsapparate publicirten Leistungen, so lassen sich sofort zwei Thatsachen constatiren. Einmal sehen wir, dass nun eine mächtige Anregung zur Förderung der Endoskopie überhaupt gegeben wurde. Andererseits machten sich vielfache Bestrebungen zur Herstellung brauchbarer Instrumente geltend. Freilich ging man in dieser Hinsicht einigermassen zu weit, so dass man im Interesse der Mittel einer Vernachlässigung des Zweckes sich schuldig machte.

Die nun eingeschlagene Richtung bezweckte längere Zeit hindurch blos die Modification des Désormeaux'schen Instrumentes, und hoffte man mit dieser eine rasche Förderung des gesammten hieher gehörigen Studiums herbeizuführen. Zuerst machte sich Cruise in Dublin im Jahre 1865, nebst dem modificirten Apparate durch eine umfassende Publication bemerkbar, welche manche werthvolle Bereicherung dem Gebiete der Endoskopie zuführte. Meines Wissens jedoch erschien seither kein weiterer Artikel endoskopischen Inhaltes von dem angeführten Verfasser. Während Cruise dem Gegenstande in England und Amerika Eingang verschaffte, lenkte Fürstenheim in Berlin 1865—1871 durch eine Reihe von Aufsätzen über Endoskopie sowie durch eine Modification des Désormeaux'schen Instrumentes in Deutschland die Aufmerksamkeit auf das Studium der Endoskopie. In Frankreich lieferte Langlebert 1868 ein vereinfachtes Urethroskop, ohne dass hiedurch für die Endoskopie mehr, als ein noch sehr verbesserungsfähiges Instrument gewonnen wurde.

Die Vertreter der Endoskopie in Russland waren in den 60er Jahren vornehmlich Ebermann und Couriard, während Robert Newmann in Amerika sie schon zu jener Zeit cultivirte.

Mittlerweile jedoch wirkte eine in „The Lancet" geführte lebhafte Discussion zwischen Pridigin Teale[1]), H. Thompson[2]), Chr.

---

[1]) Lithotomy, Lithotrity and the Endoscope. The Lancet 29. September 1866.

[2]) l. c.

Heath[1]) und Henry Dick[2]) im Interesse der Endoskopie. Auch die Publication des Langlebert'schen Instrumentes liess in England nicht alle Geister ruhen, denn Brunton und Warwick beeilten sich die Priorität der Construction von Instrumenten zu wahren, deren Facsimile sie in Langlebert's Urethroshop zu finden vermeinten.

In Amerika gab Philipp S. Wales durch die Construction eines vereinfachten Endoskops einen Anstoss zur Discussion dieses Gegenstandes, welche mancherlei Verbesserungen am Instrumente und Anregung zur Bearbeitung dieses Gebietes gab (Weir, Van Buren, Stein, Newman etc.)

Wenn auch ausserdem hie und da unser Gegenstand zur Erwähnung gelangte, so geschah dies nur selten in einer mehr als nebensächlichen Form, zum mindesten waren jene Arbeiten durchaus nicht geeignet, diese Untersuchungsmethode aus der halben Vergessenheit, der sie allmälig entgegenging, mit einem starken Ruck zu entreissen.

Es war daher kein geringes Verdienst Tarnowsky's, der in seinem 1872 erschienenen ausführlichen Werke über die Tripperkrankheit der endoskopischen Untersuchungsmethode nicht nur in beredten Worten gedachte, sondern auch eine Reihe gelungener chromolithographirter Bilder lieferte, welche dem Freunde gründlicher und exacter Studien den Beweis zu liefern geeignet waren, dass auch die Urethra, ebenso wie andere tiefer gelegene Organe des menschlichen Körpers und deren Erkrankungen dem Auge zugänglich gemacht werden können. Wenn ich hiemit Tarnowsky als denjenigen hervorhebe, der im letzten Jahrzehnte einer der ersten Kämpen im Dienste der Endoskopie war, so geschieht dies aus Gründen objectiver und subjectiver Natur. Bis dahin war nämlich in den über venerische Krankheiten erschienenen Lehrbüchern und Compendien die endoskopische Untersuchungsmethode nur als Curiosum oder gar in einem ans Lächerliche grenzenden Tone angeführt. Von eigenen Beobachtungen in dieser Hinsicht war keine Rede. Erst Tarnowsky war es vorbehalten, der Endoskopie den ihr ge-

---

[1]) On the Endoscope as a means for the diagnosis and treatement of urethral disease. The Lancet 13. Oct. 1866.

[2]) l. c.

bührenden Platz zuzuweisen. Allein ich muss auch den zweiten Grund an dieser Stelle anführen. War es doch das genannte Buch, welches zur Wiederaufnahme der endoskopischen Studien die deutschen ärztlichen Kreise ermuthigte und auch mich veranlasste, einem Gegenstande meine Aufmerksamkeit zu widmen, der eine im klinischen Unterrichte, ebenso wie im ärztlichen Dienste fühlbare Lücke auszufüllen geeignet war. Dass ich ganz andere Wege zur Aufsuchung des gleichen Zweckes wandelte, und dass später meine Publicationen der Endoskopie eine ganz andere Richtung gaben, schmälert das Verdienst Tarnowsky's durchaus nicht.

Mit der Adoptirung des einfachen Beleuchtungsapparates für endoskopische Zwecke, ist die zweite Periode der Entwicklung der Endoskopie abgeschlossen. Nunmehr kann ein weiteres Studium nebst der Vereinfachung der endoskopischen Sonden vornehmlich dem Gebiete der pathologischen und therapeutischen, durch die Endoskopie zu gewinnenden Thatsachen dienen. Gewiss ihr Terrain ist gross; und bisher ist erst der Anfang gemacht.

Rücksichtlich der seit der Vereinfachung unseres Instrumenten-apparates fortschreitenden Entwicklung der Endoskopie können wir uns um so kürzer fassen, als einerseits die Daten mehr weniger erst der jüngsten Zeit angehören und Arbeiten auf diesem Gebiete in einem viel rascheren Tempo aufeinander folgen, als in den früheren Decennien. So viel scheint das Resultat der ruhigen Beobachtung der Thatsachen zu ergeben, dass dermalen den durch die Untersuchung gewonnenen Ergebnissen auf pathologischem und therapeutischem Gebiete die bei weiten hervorragende Aufmerksamkeit gewidmet wird, während die Verbesserung der Instrumente durch Details etc. nur von vereinzelten Seiten angestrebt wird.

B. Endoskopische Sonden.

Die vorliegende Arbeit, die die Schilderung der vielfachen Bestrebungen, die Harnröhre und Blase dem Gesichtssinne zugänglich zu machen, zum Zwecke hat, kann mit der Aufzählung der diversen Beleuchtungsapparate und der hiedurch einigermassen klar gewordenen Entwicklung der endoskopischen Studien nicht schliessen, ohne auch den zweiten und nicht minder wichtigen Theil der betreffenden Vorrichtungen, die gebührende Berücksichtigung zu widmen. Wir meinen nämlich die endoskopischen Sonden, jene Bestandtheile des Untersuchungsapparates, deren Form von den anatomischen und individuellen Verhältnissen des zu explorirenden Organes abhängt und deren günstige Beschaffenheit allein den Werth der ganzen Methode in sich birgt. Die Aufgabe, die wir uns gestellt, wäre demnach nur unvollständig, wollten wir die Anführung der, wenn auch nicht grossen Anzahl von endoskopischen Sonden unterlassen.

Wie verhält es sich in dieser Hinsicht vor Allem mit der Benennung? Wir finden, dass bei einigen Autoren der ganze Apparat, Leuchtquelle, Reflector und Sonde inbegriffen, mit einem Namen belegt wird, während bei Anderen das durch die Urethra einzuführende Instrument einen besonderen Namen trägt. So benennt Bozzini die ganze Vorrichtung zur Untersuchung mit künstlichem Licht als Lichtleiter und bezeichnet den in einen Canal oder eine Höhle des Körpers eingeführten Theil seines Apparates als Lichtleitung, da diese die Lichtstrahlen in die Höhlen oder Zwischenräume der lebenden animalischen Körpers führen. Ségalas nennt das von ihm verwendete Instrument Speculum urethro-cystique. In analoger Weise spricht Cazenave von seinem Speculum urethrae. Die letzteren Bezeichnungen entsprachen genau dem von den Erfindern intendirten Zwecke, da die Specula ausschliesslich zur Untersuchung der Urethra resp. der Blase dienten. Als nun Désormeaux seinen Apparat in Verwendung zog und dessen Brauchbarkeit nicht nur zur Exploration der genannten Organe, sondern auch zum Zwecke der Untersuchung des Mastdarms, des Uterus und anderer Canäle constatirte, so sah er sich veranlasst, seinem Instrumente einen allgemeineren Namen beizulegen, in Folge dessen der Ausdruck Endoskop zu Stande kam. Er versteht aber darunter die ganze Vorrichtung, wie sie, vollständig armirt, zur Anwendung gelangt. Der in die Urethra und Blase einzuführende Tubus wird blos als Theil des Endoskops als „Sonde" resp. als „Sonde prostatique" angeführt. Von derselben Intention scheint Ebermann auszugehen, indem er die cylindrische Röhre, durch welche die Lichtstrahlen zur Urethra oder Blase geleitet werden, Conductor nennt.

Nach meiner Ansicht passt die Bezeichnung „Endoskop" blos für diejenigen Instrumente, welche in die Urethra oder Blase eingeführt werden, um Theile derselben dem Gesichtssinne zugänglich zu machen. Sowohl die geraden, als auch die gekrümmten nach Art der Katheter construirten Instrumente mögen als Endoskope oder endoskopische Sonden bezeichnet werden. Dieser Vorgang entspricht genau dem in der Laryngoskopie, Otoskopie etc. bestehenden Gebrauche, wo das in das Organ einzuführende Instrument als Kehlkopfrachenspiegel, als Ohrenspiegel angeführt wird. Gegen die Benennung Urethroskop, Cystoskop dürfte sowohl der Umstand sprechen, dass manche Instrumente gleichzeitig zur Untersuchung beider Theile, der Harnröhre und Blase dienen, andererseits aber auch die Thatsache, dass de facto die fraglichen Instrumente mit oder ohne Modification auch zur Exploration anderer Organe dienen können.

Was nun die Form der einzelnen endoskopischen Tuben betrifft, welche bei den früheren Autoren im Gebrauche waren, so zeigte diese im Grossen und Ganzen keine wesentlichen Verschiedenheiten. Die dem praktischen Bedürfnisse entsprechende einfache Form war bald gefunden und konnte auch von Jenen nicht ausser Acht gelassen werden, welche später diesen Gegenstand cultivirten. Dagegen können die mehr complicirten endoskopischen Sonden nur im beschränkten Masse zur Anwendung gelangen, woher das Factum seine Erklärung findet, dass die letzte Kategorie endoskopischer Instrumente sich keiner allgemeinen Verbreitung erfreut.

So sehr es auch wünschenswerth wäre, die Besprechung der verschiedenen Formen mit den einfachen zu beginnen und von diesen allmälig auf die zusammengesetzten zu übergehen, so müssen wir uns diese Reihenfolge zu Gunsten der chronologischen Anordnung derselben versagen.

1. Die älteste Form, welche dem in die Urethra einzuführenden Theil der endoskopischen Vorrichtung gegeben wurde, war ein zweiblätteriges Speculum. Bozzini, dem wir die erste Idee der Endoskopie verdanken, construirte bekanntlich (1805) seinen Apparat zur Untersuchung grösserer und kleinerer Kanäle, weshalb er seine Lichtleitungen (v. oben pag. 248) in 3 Classen theilt: 1. in solche, welche für grössere Höhlen (Scheide, Mastdarm etc.) bestimmt sind, 2. welche für kleine Oeffnungen anwendbar sind, 3. welche in schiefer Richtung zu sehen erlauben. Die letzte Art hatte den Zweck, das Auge auf Gegenstände zu führen, welche von der geraden Richtung

abweichen (z. B. hinter dem hängenden Gaumen). Die Lichtleitungen
für grössere Höhlen waren vierblättrig, während die für kleinere Höhlen zweiblättrig waren. Die Blätter waren entweder grössere oder
kleinere, in letzter Hinsicht derart construirt, dass der Durchmesser
ihrer einzubringenden Oeffnung im geschlossenen Zustande nur eine
Linie beträgt.

Zunächst construirte Hacken[1]) (1862) ein dreiblättriges Speculum von 12 Centim. Länge, welches im geschlossenen Zustande, da
die drei Branchen, sich unmittelbar berührend, an einander liegen,
die Katheterform imitirt; im geöffneten Zustande sind die Branchen
in maximo von einander entfernt.

Das neueste von Auspitz[2]) angefertigte Endoskop ist wieder
zweiblättrig. Die zwei Blätter bilden im geschlossenen Zustande
eine cylindrische Röhre, im geöffneten Zustande entfernen sie sich
(am untern Ende) von einander. Eine Sperrvorrichtung gestattet
eine variable Oeffnung des Instrumentes.

Ich selbst versuchte wiederholt die Construction zwei-, drei- und
mehrblättriger Instrumente, ohne zu einem befriedigenden Resultate
zu gelangen. Da dieselben im geschlossenen Zustande immerhin von
grossem Durchmesser sein müssen und so das Orificium urethrae
vollständig ausfüllen, so gelang mir nur selten das Oeffnen des
Instrumentes. Ein derartiges Endoskop, welches die Filière Charrière
24 passirte, konnte im mässig dilatirten Zustande ein nur viel
höheres Mass passiren, so dass es $2^1/_2$ Centimeter vor dem Trichter
Nr. 26 und zunächst dem Trichter blos Nr. 29 oder 30 passirte.
Zudem wölbt sich die Mucosa zwischen die Branchen ein und verkleinert das Sehfeld derart, dass ich zur Ueberzeugung kam, in
den passenden Fällen, die sich auf Individuen mit weiter Urethra
beschränken, wo also auch ein stärker calibrirtes Instrument appli-
cabel sei, erreiche man mit dem einfachen Endoskop von grösserem
Durchmesser denselben Zweck. Von dem Einklemmen und der un-
vermeidlichen Verletzung soll hier nicht weiter die Rede sein. Für
kürzere Strecken bediene ich mich eines zweiblättrigen Instrumentes,
welches ich seit Jahren den Collegen demonstrire, welche mich

---

[1]) l. c.

[2]) Ueber die chronische Entzündung der männlichen Harnröhre;
drei klinische Vorlesungen. Vierteljahrschr. für Derm. und Syph. 1879.

behufs Information über endoskopische Apparate, Untersuchung etc. interpelliren.

2. Soviel über die älteste Form des Endoskops. Wir übergehen nun zu derjenigen, deren sich Ségalas (1826) bediente und die wir sofort als die einfachste declariren, die im Grossen und Ganzen ohne wesentliche Veränderungen noch heute im Gebrauche steht.

Das einfache gerade Endoskop kommt bei der Mehrzahl der Autoren vor, wiewohl dasselbe dem jeweilig im Gebrauch stehenden Beleuchtungsapparate in entsprechender Weise accommodirt werden musste. So finden wir es bei Ségalas, Fisher, Désormeaux, Reder, Fenger etc. Dass in dem einen Falle ein Trichter vorhanden war (Ségalas), in dem anderen aber das äussere Ende anders geformt erscheint, hängt von der Verbindung dieses Tubus mit seinen adnexen Theilen ab. Wesentliche Modificationen oder Verbesserungen dieses einfachen Instrumentes durchzuführen, erschien überflüssig. Wenn der Leitstab (embout, Stilet) bald aus einem Metalldraht mit einem Knöpfchen am visceralen Ende, bald aus einem Metallstab besteht, bald aus Holz, Hartkautschuk und dgl. angefertigt ist, so betrachten wir diese differenten Constructionen, die in optischer Hinsicht völlig ohne Belang sind, keineswegs als Modificationen, da sie nur individuellen Bedürfnissen entsprechen. Die von Steurer unter dem Trichter angebrachte Scheibe, ferner die Anbringung von Eintheilungen an dem Tubus (Newman) gehören in dieselbe Kategorie von Angaben. Ebenso ist der seitliche Schlitz oder Spalt an den betreffenden Tuben nur eine Consequenz der Construction der Apparate mit eingeschlossener Leuchtquelle und ihrer unselbständigen Verwendung. Blos S. Stein liess, um einen grossen Theil der Urethra auf einmal übersehen zu können, längere Schlitze an der Urethra anbringen, welche ein Drittheil ihres Umfanges betreffen. Damit sich beim Einschieben der Sonde die Schleimhaut nicht in den Schlitz lege, wird derselbe durch einen herausnehmbaren Glasstab oder eine Glasröhre, welche zugleich einen Einblick gestattet, nach innen gedeckt.

Man könnte vielleicht auch Simon's[1] Specula, welche die

---

[1] Ueber die Methode die weibliche Urinblase zugänglich zu machen. Volkmann's Sammlung klin. Vortrag Nr. 88.

Harnblase auch dem Auge zugänglich machen, ferner die den Ohren-
spiegeln analogen, oben citirten Instrumente hieher zählen.

3. Eine Modification der eben angeführten Form wurde erst
von Désormeaux durch die Construction seiner Sonde prostatique angegeben. Dieses nach Art der gekrümmten Katheter angefertigte Instrument, mit einem Fenster an der grössten Convexität, d. i. entsprechend der Längsaxe desselben versehen, dient zur
Untersuchung der tieferen Theile der Harnröhre und der Blase.
Die an diesem von den meisten Autoren (Warwick, Bruck etc.)
im Principe acceptirten Endoskop vorgenommenen Veränderungen
bezwecken blos die leichtere und für den zu Untersuchenden möglichst wenig schädliche Einführung. Sind doch die Schwierigkeiten,
diesen Apparat in die Blase einzuführen, von Cruise, Lee, Stein
(New-York) u. A. wiederholt hervorgehoben worden. Ich selbst traf
derlei Abänderungen, dass die Einführung dieses Endoskopes ebenso
von Statten geht, als die eines Katheters vom selben Caliber und wählte
für dasselbe die Bezeichnung: Gekrümmtes gefenstertes Endoskop.

4. Cruise construirte (Fig. 14) einen Katheter von schwacher
Krümmung (*a*) mit einer Oeffnung an der grössten Convexität derselben. Zur leichteren Einführung dient ein hölzerner Leitstab (*b*).

Fig. 14.

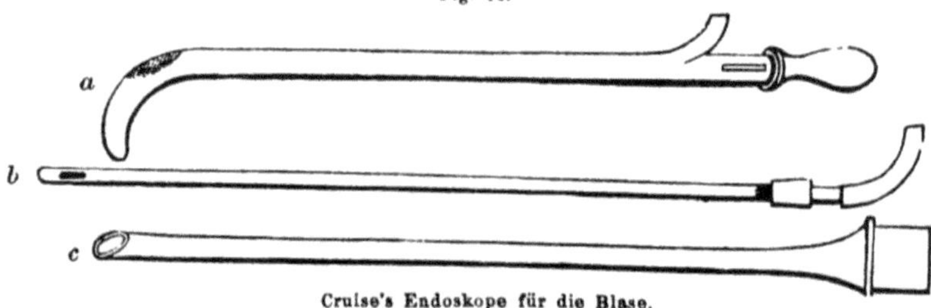

Cruise's Endoskope für die Blase.

Nach Einführung beider in die Blase, nach erfolgter Entleerung des
Harns und Ausspülung der Blase mittelst Wassers mit einem dünnen, biegsamen Katheter wird durch den gekrümmten Katheter ein
Tubus (*c*) mit einem Glasfenster am untern Ende, genau passend eingeführt und so an die Besichtigung der Blase geschritten. Mit geringer Modification schliesst sich Fürstenheim diesem Vorgange an.

Auch Rutenberg's [1]) Blasenspiegel mag hier angeführt

---

[1]) Ein Blasenspiegel beim Weibe. Deutsche Zeitschrift für prakt.
Med. 1876 Nr. 7.

werden, bei dem die Blase mit Luft gefüllt und sodann mit einem durch das Speculum eingeführten, auf einen Stiel befestigten Spiegel untersucht wird.

Die von mir des Ferneren angegebenen Endoskope, nämlich das gekrümmte mit Conductor, sowie das gerade gefensterte Endoskop, zwei ganz selbstständig in abweichenden Fällen verwendbare Instrumente, könnten vielleicht in den oben citirten Apparat als combinirt vorkommend angesehen werden, zumal die einzelnen Bestandtheile nicht wesentlich differiren. Gleichwohl kann man meine beiden genannten Instrumente nicht als den Obigen analog anführen. Ein gerades gefenstertes Endoskop finde ich ferner auch bei Rob. Newmann verzeichnet.

5. Mein Fensterspiegel-Endoskop ist ähnlich dem Conchoskop von Wertheim [1]) construirt, mit dem Unterschiede, dass der seitliche Defect des Metallrohres von mir durch ein Glasfenster substituirt wurde. Wir lesen übrigens schon bei Ségalas, dass er einen Tubus zu construiren beabsichtigte, in welchen ein schräger Spiegel angebracht werden sollte. Auch Zaufal [2]) versprach einen Tubus anzufertigen, mit einem in entsprechender Winkelstellung der Axe desselben anzubringenden Spiegel innerhalb desselben.

Neuestens publicirte Alexander J. C. Skene[3]) ein, meinem Fensterspiegel-Endoskop analoges, doch mehr complicirtes Instrument, welches aus drei Bestandtheilen sich zusammensetzt, a) aus einem kolbig abgeschlossenen Glascylinder, ähnlich einer Eprouvette, welcher in einen b) Metallcylinder passt, der seitlich nächst dem untern Ende einen Ausschnitt besitzt und c) einem an einem langen Draht unter einem Winkel von 100° (?) befestigten Metallspiegel, vorn mit einer Handhabe versehen.

An einer anderen Stelle hatte ich schon Gelegenheit zum Hinweise auf die Thatsache, dass man früher das Hauptgewicht auf die Beleuchtungsapparate und deren Construction legte, den endoskopischen Sonden jedoch weniger Aufmerksamkeit schenkte.

---

[1]) Ueber ein Verfahren zum Zwecke der Besichtigung des vorderen und mittler. Drittheils der Nasenhöhle. W. med. Wochenschr. 1869, Nr. 18.

[2]) Monatsschrift f. Ohrenheilk. 1875 Nr. 4.

[3]) An Endoscope f. Examination of the Urethra, Bladder, Rectum etc. New-York med. Journal May 1878.

Dagegen hielt ich es, zumal nachdem die Beleuchtungsfrage durch
Adoptirung des einfachen Reflectors leicht gelöst war, für ange-
zeigt, den Sonden jene Form zu geben, die uns für alle Fälle entsprechende Hilfsmittel bieten könne. Gleichwohl stimme ich der
Aussage Gschirhackl's [1]) bei, dass die endoskopischen Tuben
noch nicht den Anforderungen einer bestmöglichen und consecutiv
rationellen Untersuchungsmethode gerecht werden.

Literatur.

Im Nachfolgenden mögen die Arbeiten über Endoskopie verzeichnet werden, die im Vorhergehenden nicht citirt wurden.

1863. Bockshammer, Der Harnröhrenspiegel von Désormeaux. Med.
    Correspondenzbl. des würtemberg. Vereins Nr. 32.
1864. Portella, De l'uréthrotomie endoscopique. Thèse de Paris.
1865. Labbé, Gazette hebdomadaire 21. Juillet, pag. 464.
  — T. Hayden, Exploration of the uterus with the Endoscope. The
    Dublin Quarterly Journal of med. science vol. XL. pag. 497.
  — Désormeaux, Sitzungsber. der Société de Chir. in Paris. Gazette
    des Hôp.
1866. Chr. Heath, On the endoscopic appearances of the urethra. The
    Lancet 3. Nov.
1867. Stein, The Endoscope as an aid in the diagnosis and treatement
    of granular urethrits and stricture. East river med. Association
    1. Octob. The med. Record New-York 1868 vol. 2 pag. 416. (An
    der Discussion betheiligten sich O. J. Ward und Buttle.)
1868. Reynaud, Etude sur les rétrécissements de l'urèthre. Thèse de
    Paris.
  — Titlea, Quelques mots sur les cas d'application de l'endoscope etc.
    Arch. méd. Belge (cit. nach Tarnowsky, lag mir nicht vor).
1869. Lund Ed., On the detection and treatement of foreign bodies in
    the bladder with remarks on the use of the endoscope. Brit. med.
    Journ. 31. July. — Canst. Jahresb. II. p. 168.
  — Pantaleoni, On endoscopic examination of the cavity of the womb
    med. Press and Circ. 14. July. — Canst. Jahresb. III. p. 582.
1870. E. L. Keyes, On urethral chancre observed by Désormeaux's
    Endoscope. The Amer. Journ. of Syphil. and Dermatology. Januar.
    New-York.
1870. Chr. Fenger, Om endoscopie af urethra. Hosp. Tid. 14. Aarg.
    S. 25. — Canst. Jahresb. II. S. 190.

---

[1]) Endoskopische Fragmente. Vierteljahrschr. für Dermatologie und
Syphilis. 1878. pag. 362.

1875. Grünfeld, Ueber Vergrösserung resp. scheinbare Annäherung endoskopischer Sehobjekte. Sitzungsber. d. Ges. d. Aerzte in Wien vom 9. April — Anzeiger Nr. 23.

— Fürstenheim, Sitzungsber. der Hufeland'schen Gesellschaft in Berlin vom 27. Nov. 1874. — Berl. kl. Woch. 1875 Nr. 21.

— Grünfeld, Ueber die prakt. Verwerthung des Endoskops bei Erkrankungen der Harnröhre. Mittheil. des med. Doctoren-Colleg. in Wien I. Bd. Nr. 19.

— Grünfeld, Autoendoskopie der Urethra. Allg. Wiener med. Ztg. Nr. 36.

-- Grünfeld, Befund u. Behandlung von Harnröhrenstricturen mit Hilfe des Endoskops. Wiener med. Woch. Nr. 39.

— R. Newman, Stricture of the urethra in the Female. The Amer. Journal of the med. science Nr. CXL Oct.

1876. Grünfeld, Condylome und Polypen der Harnröhre. Diagnose und Therapie derselben mit Hilfe des Endoskops. Viertelj. für Dermat. u. Syph. II. Heft.

— Grünfeld, Die Sondirung des Harnleiters mit Hilfe des Endoskops. Wiener med. Presse Nr. 27 u. 28.

1877. Grünfeld, Ein Fall von Urethralpolypen seltener Grösse, diagnosticirt und operirt mit Hilfe des Endoskops. Wiener med. Presse Nr. 4 u. 5.

— Grünfeld, Der Harnröhrenspiegel (das Endoskop), seine diagnostische u. therapeut. Anwendung. Wiener Klinik Heft 2 u. 3.

— Gschirhackl, Zur Behandlung des chronischen Harnröhrentrippers. Vierteljhsch. f. Derm. u. Syph. p. 495.

— Grünfeld, Die Formen des Harnröhrentrippers und die endoskop. Befunde derselben. Wiener med. Jahrb. 4. Heft.

1878. Antal, Ueber den Werth des Urethroskops in Bezug auf Diagnose u. Ther. der Urethritis. Orvosi Hetilap Nr. 19 u. 21.

— Rochelt, Das Endoskop in der Praxis. Wiener med. Presse Nr. 19 und 21.

— Grünfeld, Die endoskopische Untersuchung des Samenhügels. Wr. med. Blätter Nr. 38 u. 39.

— Grünfeld, Die endoskopische Untersuchung der Harnröhre mit Rücksicht auf Erosionen und Geschwüre an derselben. Pester med. chir. Presse Nr. 51 und 52. — Mittheilungen des Wiener med. Doctoren-Coll. 1879 Nr. 1.

1879. Grünfeld, Die Methoden der künstlichen Beleuchtung im Allgemeinen und zu endoskop. Zwecken im Besonderen. Wr. med. Ztg. Nr. 25.

— Müller, Die elektr. Beleuchtung der natürl. Körperhöhlen. Oest. ärztl. Vereinszeitung Nr. 13.